ルイス・サッカー

千葉茂樹＝訳

泥《どろ》

FUZZY MUD

Louis Sachar

小学館

泥

FUZZY MUD by Louis Sachar

This is a work of fiction. Names, characters, places,
and incidents either are the product of
the author's imagination or are used fictitiously.
Any resemblance to actual persons, living or dead, events,
or locales is entirely coincidental.
 Published in the United States
by Delacorte Press, an imprint of Random House Children's Books,
a division of Random House LLC,
a Penguin Random House Company, New York.
Japanese translation rights arranged with Trident Media Group, LLC
through Janpan UNI Agency, Inc., Tokyo

1 11月2日（火） 11:55 AM

ペンシルベニア州ヒースクリフにある私立校《しりつこう》ウッドリッジ・アカデミーの校舎《こうしゃ》は、かつてウィリアム・ヒースの邸宅《ていたく》だった。ちなみに、ヒースクリフという町の名は、このヒースにちなんでつけられた。黒とこげ茶色の石造《いしづく》りのヒース邸《てい》は四階建ての建物で、ウィリアム・ヒースが一八九一年から一九一七年まで、妻《つま》と三人の娘《むすめ》たちとだけで暮《く》らしていたのだが、いまではそこに三百名近い生徒が通っている。

五年生のタマヤ・ディルワディの教室は四階にあって、かつてはウィリアムの末娘《すえむすめ》の部屋だった。幼稚園《ようちえん》のある場所は厩舎《きゅうしゃ》だった。

ランチルームはかつての舞踏室《ぶとうしつ》で、優雅《ゆうが》に着飾《きかざ》ったカップルたちがシャンペンをすすり、オーケストラの生演奏《なまえんそう》で踊《おど》っていた。いまでも天井《てんじょう》からシャンデリアがさがるこの部屋には、すえたマカロニチーズのにおいがしみついてしまっている。五歳《さい》から十四歳《さい》までの二百八十九人の子どもたちが、スナック菓子《がし》をほおばり、鼻くそについてのジョークで盛《も》り上《あ》がり、ミルクをこぼし、たいした理由もなく金切り声をあげている。

タマヤは金切り声をあげたりしない。そのかわりに片手《かたて》で口をおおって、静かに息をのむ。

「そいつはな、ものすごく長いひげを生やしてるんだ」ひとりの男子生徒が話している。「血のしみだらけのひげだぞ」

「それで、歯が一本もないんだろ」別の子がいった。

ふたりは上級生で、タマヤは話すだけでドキドキする。とはいっても、これまでのところ、緊張《きんちょう》しすぎて話しかけたことなんか一度もない。タマヤは長いテーブルのまんなかあたりに、友だちのモニカ、ホープ、サマーといっしょにすわってランチを食べていた。上級生の足はほんの数センチ先にあって、いまにもふれそうだ。

「そいつはな、自分じゃ食べ物をかめないのさ」最初の子がいう。「だから、犬がかわりにかんでくれる。そんでもって、そいつは犬が吐《は》きだしたものを食べるんだぜ」

「めちゃくちゃキモイんだけど！」

モニカが叫《さけ》んだ。でも、目がきらきら輝《かがや》いているのを見て、タマヤには親友のモニカの気持ちがわかった。男子の注意をひくチャンスがきてよろこんでいるんだ。

上級生たちが話しているのは、森に住むといわれている頭のおかしい世捨て人《よすびと》のことだ。タマヤは話半分できいていた。男の子というのはみえっぱりで、なんでも大げさに話すものだからだ。それでも、会話に加わっているのは楽しかった。

「だけどな、犬かどうかはわからないんだ」タマヤのとなりにすわっている子がいった。「あいつらはオオカミそっくりなんだよ！　本物のオオカミをペットにしてるのかもな。でっかくて黒くて、牙《きば》はものすごいし、目はまっかでギラギラしてる」

タマヤは身ぶるいした。

ウッドリッジ・アカデミーは、何キロにもわたる森にかこまれている。森といっても、岩だらけの丘《おか》がいくつもあるし、川も流れている。V字型に切れこんだ谷や、馬の背《せ》がだらだらつづくような尾根《おね》もある。

タマヤは毎朝、七年生のマーシャル・ウォルシュといっしょに歩いて通学していた。マーシャルの家は、タマヤの家と三車線の道をはさんだ三軒ほど先にある。通学路は三キロ近くあるけれど、もし森をまっすぐに抜《ぬ》けるとすれば、直線距離《きょり》はもっと短い。

「それで、その世捨て人《よすびと》はなにを食べてるの？」サマーがたずねた。

タマヤのとなりの席の子は、肩《かた》をすくめた。

「オオカミがもってくるものならなんでもさ。リスだろうがネズミだろうが人間だろうが、そいつはぜんぜん気にしない。食い物は食い物だからな！」

その子は大きく口をあけて、ツナ・サンドイッチにかじりついた。それから、世捨て人《よすびと》をまねして、歯がないかのように唇《くちびる》をまきこんでかくした。さらにその口をあけたりしめたりして、食べかけのサンドイッチをタマヤに見せる。

「やめて、ほんとキショイ！」タマヤの反対側の席にいたサマーが叫《さけ》んだ。

男の子たちはいっせいにゲラゲラ笑った。

サマーはタマヤの友だちのなかでいちばんかわいい子だ。髪《かみ》は麦わら色で、目は空のようなブルー。そもそも、男の子たちが自分たちに話しかけてきたのは、サマーがいるからだろうとタマヤは思った。男の子たちはサマーの前ではいつもふざけたことばかりしている。

タマヤの目は黒い。ようやく首にかかるぐらいの長さしかない髪《かみ》も黒だ。すこし前まではもっと長かったけれど、新学期がはじまる三日前、フィラデルフィアに住んでいる父親のところにいたタマヤは、思い切って髪《かみ》を切ることにした。父親は無理をしてタマヤをとてもおしゃれなヘアサロンにつれていってくれた。髪《かみ》が切られた瞬間《しゅんかん》、タマヤはもう後悔《こうかい》でいっぱいだったが、ヒースクリフにもどってくると、友人たちはみんなおとなびていて

1　11月2日（火）11:55 AM

おしゃれだといってくれた。

　タマヤの両親は離婚《りこん》している。夏休みのほとんどと、毎月一度の週末、タマヤは父親のところですごす。フィラデルフィアとヒースクリフは州の両端《りょうたん》にあって、五百キロ近くはなれている。ヒースクリフにもどってくるたび、自分がいないあいだになにか大きな事件《じけん》を見のがしてしまったんじゃないかと、気が気じゃなかった。それはたいてい、内輪の友だちだけのほんのちょっとした冗談程度《じょうだんていど》のものでしかないのだけれど、タマヤはいつもすこしだけとりのこされた気分になったし、元通りにうちとけるまで、すこし時間がかかった。

「オオカミどもはな、おれを食おうと、目の前まできたんだぞ」黒い髪《かみ》をショートカットにした、角ばった顔のタフぶった男子がいった。「おれがフェンスによじのぼってるとき、オオカミが足にかみついたんだ」

　その上級生はベンチの上に立って、女の子たちに証拠《しょうこ》の足を見せた。スニーカーのすぐ上、泥《どろ》で汚《よご》れた足首に小さな穴《あな》がひとつ、タマヤにも見えたけれど、それがオオカミの歯型かどうかはあやしい。それに、オオカミから走って逃《に》げていたのなら、その歯型は足のうしろ側につくはずなのに、前についている。

　その上級生はタマヤをじっと見つめた。鋼《はがね》のような青い目に見つめられたタマヤは、心を読まれているような気になって、なにか話さなきゃと思った。

タマヤはごくんとつばをのんでからいった。

「あの森は立《た》ち入《い》り禁止《きんし》だよ」

その上級生は笑い声をあげた。もうひとりの子もだ。

「だからなんだってんだよ?」いどむようにつっかかってくる。「サクストン学園長に、告げ口でもするのか?」

タマヤは自分の顔が赤らんだのがわかった。「しないよ」

「タマヤのいうことなんか気にしないで」ホープがいった。「この子は『まじめないい子ちゃん』なんだから」

そのことばにはぐさっときた。ほんの数秒前までは、年上の男の子たちと話すクールな人間のつもりでいたのに、いまではみんなから、めずらしいものでも見るように見られている。

なんとかジョークをいって笑い飛ばしたかった。

「これからは、分厚《ぶあつ》いメガネでもかけなきゃね」

だれも笑わなかった。

「タマヤはほんとうにいい子ちゃんだよ」モニカがいった。

タマヤは唇《くちびる》をかんだ。自分のジョークのどこが悪かったのかわからない。モニカとサマーは男の子たちにむかって「キモイ」だの「キショイ」だのといったけれど、それは問題ないらしい。それどころか、男の子たちはキモイとかキショイといわれて誇《ほこ》らしげだ。

いったい、いつルールが変わってしまったんだろう？　タマヤは思った。いつから悪いことが評価《ひょうか》されるようになってしまったんだろう？

おなじランチルームには、マーシャル・ウォルシュもいた。マーシャルの片側《かたがわ》にはひとつのグループが、もう片方《かたほう》には別のグループがいて、だれもかれもが笑い声をあげながら、大声でしゃべっている。マーシャルはふたつのグループのまんなかで、ひとり静かに食べていた。

2　サンレイ・ファーム

ウッドリッジ・アカデミーの北西五十キロ、世間から遮断《しゃだん》された谷に、サンレイ・ファームがある。外見からだけでは、そこがファーム、すなわち農場とはわからないだろう。動物もいなければ、緑の牧場も畑もない。すくなくとも、人の目に映《うつ》るほどの大きさのものはなにひとつ育てていない。

仮《かり》に銃《じゅう》をかまえた警備員《けいびいん》の目をくぐりぬけ、てっぺんに有刺《ゆうし》鉄線をはりめぐらした電気《でんき》柵《さく》を乗りこえ、監視《かんし》カメラと警報《けいほう》システムをやりすごすことができたとしたなら、そこで目にするものは巨大《きょだい》な貯蔵《ちょぞう》タンクの列、列、列。貯蔵《ちょぞう》タンクと地下にあるメインラボとをつなぐトンネル網《もう》やパイプ群《ぐん》は、実際《じっさい》にはあるのにいっさい見えない。

ヒースクリフの住人のほとんどは、サンレイ・ファームの存在《そんざい》を知らない。タマヤやその友人たちはいうまでもない。サンレイ・ファームという名前をきいたことがある人たちも、そこでなにがおこなわれているかは、漠然《ばくぜん》としかイメージできない。その人たちは、サンレイ・ファームが作っているらしい『バイオリーン』ということばもきいているかもしれないが、それがどんなものなのかを正確《せいかく》に知っている人はいないだろう。

一年とすこし前、つまり、タマヤ・ディルワディが髪《かみ》を切り、五年生になる一年ほど前、米国上院エネルギー・環境《かんきょう》委員会において、サンレイ・ファームとバイオリーンに関する一連の聴聞会《ちょうもんかい》が非公開《ひこうかい》でおこなわれた。

以下はこの聴聞会《ちょうもんかい》における証言《しょうげん》からの抜粋《ばっすい》である。

ライト上院議員：あなたは解雇《かいこ》されるまで二年間、サンレイ・ファームで働いていましたね？

マーク・ハンバード博士：いいえ、正確《せいかく》ではありません。解雇《かいこ》されたわけじゃないから。

ライト上院議員：それは失礼。そのように報告《ほうこく》を受けていたものですから……。

マーク・ハンバード博士：解雇《かいこ》するつもりだったかもしれませんが、その前にわたしからやめてやった。このことは、これまでだれにも話していませんが。

ライト上院議員：なるほど。

フット上院議員：いまはもう、サンレイ・ファームでは働いていないんですね？

マーク・ハンバード博士：あれ以上、一分でもフィッツィとおなじ部屋にいるのには耐《た》えられなかったんです！　あいつはイカれてる。イカれてるっていうのは、百パーセント頭がおかしいってことですよ。

ライト上院議員：それはジョナサン・フィッツマン氏のことですね？　バイオリーンを発明した。

マーク・ハンバード博士：だれもがやつのことを天才だと思ってるようだが、実際《じっさい》にすべての作業をしたのはだれだと思う？　このわたしだよ！　すくなくとも、わたしにはできた。やつがわたしにまかせてくれたらばな。やつはラボのなかをぶつぶつひとりごとをいいながら、歩きまわるんだ。両手をふりまわしながら。まったく集中なんかできやしない。歌までうたうんだぞ！　もし、やめてくれとたのみでもしたら、まるでこっちの方がイカれてるといわんばかりに、じっと見つめるんだ。あいつは、自分がうたってることにさえ気づいていなかったのさ！　そして、だしぬけに自分で自分の頭をたたいて叫《さけ》ぶんだ。「ちがう、ちがう、ちがう！」ってな。そうなったら、わたしは即座《そくざ》に仕事の手を止めて、また最初からはじめなくちゃならなくなるんだ。

ライト上院議員：わかりました。たしかにわれわれもきいております。フィッツマン氏がいささか、……変わり者だということは。

フット上院議員：われわれがバイオリーンに対して不安を感じるひとつの理由がそれなのです。バイオリーンはほんとうにガソリンに代わり得《う》るだけの価値《かち》があるのでしょうか？

ライト上院議員：わが国にはクリーンなエネルギーが必要です。しかし、バイオリーンは安全なのですか？

マーク・ハンバード博士：クリーンなエネルギーですって？　あいつらがそういってるんですか？　どこがクリーンなものですか。あれは自然への冒涜《ぼうとく》ですよ！　サンレイ・ファームでなにがおこなわれているのか、知りたいって？　ほんとうに知りたいんですか？　わたしは知っています。ええ、知っていますとも！

フット上院議員：知りたいですとも。だからこそ、あなたをこの聴聞会《ちょうもんかい》にお招《まね》きしたのですよ、ハンバードさん。

マーク・ハンバード博士：博士。

フット上院議員：いま、なんと？

マーク・ハンバード博士：わたしは「ハンバード博士」です。「ハンバードさん」ではなく。微生物学《びせいぶつがく》の博士号をもってるんですから。

ライト上院議員：それは失礼いたしました。どうぞお教えください、ハンバード博士。あなたが自然への冒涜《ぼうとく》だとおっしゃるどんなことが、サンレイ・ファームでおこなわれているのですか？

マーク・ハンバード博士：あの連中は生命の新しい形を創《つく》りだしたのです。いまだかつてだれも見たことのない形の生命です。

ライト上院議員：高いエネルギーをもつバクテリアですね？　燃料《ねんりょう》に使用可《か》能《のう》な。

マーク・ハンバード博士：バクテリアではありません。粘菌《ねんきん》です。どちらもいわゆる微生物《びせいぶつ》でごちゃまぜにされがちですが、まったくの別物です。わたしたちはまず、単純《たんじゅん》な粘菌《ねんきん》からはじめました。しかし、フィッツィはＤＮＡを操作《そうさ》して、新しいものを創《つく》りだしたのです。地球上ではまったく自然に反した単細胞《たんさいぼう》生物です。サンレイ・ファームは現在《げんざい》この人工的微生物《びせいぶつ》、ちっぽけなフランケンシュタインを育てています。自動車のエンジンのなかで生きたまま火あぶりにするために。

フット上院議員：生きたまま火あぶり？　それはすこしいいすぎではありませんか、ハンバード博士？　われわれが話しているのはたかが微生物《びせいぶつ》ですよね。わたしたちは手を洗《あら》ったり、歯をみがいたりするたびに何百、何千というバクテリアを殺してるわけですから。

マーク・ハンバード博士：小さいからといって、その生命に価値《かち》がないわけじゃありませんよ。サンレイ・ファームは殺すことだけを目的に、命を創《つく》りだしているんです。

ライト上院議員：しかし、それはどの農場《ファーム》でもやっていることではありませんか？

3　11月2日（火）2:55 PM

放課後、タマヤは自転車置き場のそばでマーシャルを待っていた。自転車置き場なのに自転車は一台もない。ウッドリッジ・アカデミーの生徒のほとんどは、自転車で通うには遠すぎるところに住んでいるし、私立《しりつ》学校なのでスクールバスもない。環状《かんじょう》のドライブウェイにはじまるむかえの自動車の列は、ウッドリッジ通りからリッチモンド通りまで長くつづいている。

車に乗りこむほかの生徒たちや走り去る車を見ながら、タマヤは自分も車で帰れたらいいのにと思っていた。長い距離《きょり》を歩いて帰ることにはいいかげんうんざりしていた。教科書でパンパンのリュックサックを背負《せお》っていると、なおさら遠く感じる。

ランチルームでのできごとを思い返すたび、タマヤの顔は恥《は》ずかしさで赤くなった。ホ

3　11月2日(火) 2:55 PM

ープがいったことばには腹《はら》を立てていたし、モニカにはそれ以上に怒《いか》りを感じていた。いちばんの親友だと思っていたモニカに裏切《うらぎ》られたんだから。

わたしはいい子ちゃんだって？　それのどこが悪いっていうの？

いい子ちゃんでいることは、ウッドリッジ・アカデミーが求めていることじゃないか。生徒は全員制服《せいふく》を着ている。男子はカーキ色のパンツにブルーのセーター、女子はチェックのスカートにえんじ色のセーターだ。セーターには学校名が刺繍《ししゅう》されており、そのすぐ下には「美徳《びとく》と勇気」という文字が。

ウッドリッジ・アカデミーでは歴史や数学などばかりでなく、道徳心《どうとくしん》を学ぶことも求められる。この学園の方針《ほうしん》は「善《よ》き市民」を育てることだ。二年生のとき、タマヤは十の美《び》徳《とく》を暗記させられた。博愛、清廉《せいれん》、勇敢《ゆうかん》、慈愛《じあい》、気品、謙虚《けんきょ》、誠実《せいじつ》、忍耐《にんたい》、冷静、自制《じせい》だ。今年はこれらのことばの同意語と反意語を習っている。

それなのに、本気で「いい子」になろうとすれば、だれからも変わり者のように見られてしまう！　タマヤは苦々しくそう思った。

マーシャルが校舎《こうしゃ》からでてきた。髪《かみ》の毛《け》はもしゃもしゃで、セーターもあちこちだらしなくのびて、元の形をとどめていない。

タマヤは手をふらない。マーシャルはタマヤのほうに近づいてくると、ちらっと目をむけもせずにもう歩きはじめた。

マーシャルには自分で決めたルールがあった。学校では決してふたりが仲がいいようにはふるまわない。ふたりは、しかたなしにいっしょに通学するというだけの関係だ。ボーイフレンドとガールフレンドなどではぜったいにないし、マーシャルはほかのだれからもそんな風に思われたくなかった。

その日の放課後、タマヤはびっくりした。マーシャルがいつもとはちがう方向に歩きだしたからだ。いつもならウッドリッジ通りを進んで、リッチモンド通りで右折する。それなのにマーシャルは校舎《こうしゃ》の側面へと進んだ。

タマヤはリュックを背負《せお》い直すと、マーシャルに追いついた。

「どこにいくの?」

「家に決まってるだろ」

マーシャルはタマヤが頓珍漢《とんちんかん》な質問《しつもん》をしたとでもいうように返事をした。

「だけど……」

「近道をするんだよ」

タマヤには意味がわからなかった。この三年間、ずっとおなじ道を歩いてきたのに、どうして急に近道をするなんていうんだろう?

3　11月2日(火) 2:55 PM

マーシャルは校舎《こうしゃ》の横から裏《うら》にむかっている。マーシャルはタマヤより背《せ》が高く、歩くスピードも速い。タマヤはおくれないようにするだけで必死だ。

「どうして急に近道を知ったの？」タマヤはたずねた。

マーシャルは立ち止まってふり返った。

「急に知ったわけじゃないよ。ずっと知ってた」

それでも、意味がわからない。

「のんびり帰りたいなら、勝手にそうしろよ」マーシャルはいった。「だれも、いっしょにこいとはいってないだろ」

それは事実ではない。マーシャルだってそれはわかっている。タマヤの母親はタマヤがひとりで帰ってくることは許《ゆる》してくれず、かならずいっしょに帰ると約束している。

「いっしょにいくしかないでしょ」タマヤはいった。

「だったら、ぐずぐずいうな」

タマヤはマーシャルにつづいて舗装《ほそう》道路をわたり、サッカー場に足を踏《ふ》みいれた。自分がたずねたのは、どうして近道を知ったのか、ということだけなのに、どうして「ぐずぐずいうな」なんていわれなくちゃいけないんだろう？

マーシャルは何度もちらちらうしろをふり返っている。マーシャルがそうするたび、タマヤもつられてふり返ってしまう。でも、うしろにはなにも変わったものはないし、だれかがいるわけでもなかった。

タマヤはウッドリッジ・アカデミーにはじめて登校したときのことを、いまでも覚えている。タマヤは二年生のクラスに転校してきた。マーシャルは四年生だった。マーシャルはタマヤの教室をいっしょにさがしてくれたし、女子トイレの場所も教えてくれた。それから、学園長のサクストン先生のところへもつれていってくれた。タマヤにとって、新しい学校は大きくておそろしい場所に見えた。そんななかで、マーシャルはガイドであり保《ほ》護者《ごしゃ》でもあった。

二年生から四年生までのあいだずっと、タマヤはマーシャルにひそかに恋心《こいごころ》を抱《いだ》いていた。いまでもその気持ちが心の奥《おく》にすこしばかりのこっているのかもしれないが、最近のマーシャルの邪険《じゃけん》な態度《たいど》のせいで、いまでは好きなのかきらいなのかもよくわからなくなっていた。

サッカー場の先はでこぼこのくだり坂になっていて、学園の敷地《しきち》と森とのあいだには金《かな》網《あみ》のフェンスが立っている。フェンスに近づくにつれて、タマヤの心臓《しんぞう》の鼓動《こどう》は速くなってきた。空気は冷たく湿《しめ》っているのに、タマヤの喉《のど》はしめつけられるようにカラカラだ。

ほんの二、三週間前まで、森はあざやかな秋の彩《いろど》りで輝《かがや》いていた。四階の教室の窓《まど》から、さまざまな色調の赤、オレンジ、黄色を見ることができて、森全体が燃《も》えているんじゃないかと思うような日さえあった。ところがいまでは、それらの色は消えうせて、木々は黒っぽく陰気《いんき》に見える。

タマヤは自分もマーシャルとおなじくらい勇気があったらいいのにと思った。タマヤがおそれているのは、森そのものだけでも、森のなかをうろついているかもしれないなにかだけでもなかった。それ以上に、問題を起こしてしまうことが、死ぬほどこわい。教師《きょうし》に怒鳴《どな》られているところを想像《そうぞう》するだけで、こわくてたまらなかった。

ほかの生徒たちがしょっちゅうルールを破《やぶ》っているのは知っているし、そのせいでなにかひどい目にあうなんてこともないのもわかっている。クラスのだれかが悪さをすると、担任《たんにん》のフィルバート先生が、そんなことをしてはいけません、というけれど、その子たちは、つぎの日にはまたおなじことをやっている。それでも、なにかひどい目にあうことはなかった。

それでもなお、タマヤは自分が森に踏《ふ》みこんでしまったら、きっとなにかとてもおそろしいトラブルにまきこまれるにちがいないと思っていた。学園長のサクストン先生に見つかって、退学《たいがく》させられてしまうかもしれない。

ごつごつした岩肌《いわはだ》の地面のせいで、フェンスの下に、はって通《とお》り抜《ぬ》けられるぐらいのすきまができていた。マーシャルはリュックサックをおろすと、先にそのすきまからフェンスのむこうにおしだした。

タマヤもリュックをおろした。以前フィルバート先生は、勇敢《ゆうかん》にふるまうとは勇ましいふりをすることです、といったことがあった。「もし、おそれを抱《いだ》いていないのなら、わざわざ勇ましいふりをする必要なんてないでしょ?」というわけだ。

タマヤは勇ましいふりをして、リュックサックをフェンスのすきまにおしこんだ。もうこれで、あともどりできない。

さあ、これでもわたしはいい子ちゃん? タマヤはそうひらきなおった。

タマヤはセーターをひっかけないように注意しながら、もぞもぞとフェンスの下をくぐりぬけた。

4 マーシャル・ウォルシュ

マーシャル・ウォルシュは、タマヤが思っているほど勇敢《ゆうかん》ではなかった。

かつて、マーシャルには友だちがたくさんいた。この学園が好きだったこともある。六年生のときには、ブラスバンドに参加していた。音楽教師《きょうし》のローワン先生は、通知表に「才能《さいのう》には欠けるが、熱意で補《おぎな》っている」と書いている。「マーシャルが吹《ふ》くチューバは、生き生きしている」とも。

いまのマーシャルは、なにに対しても熱意など抱《いだ》いていない。毎日毎日がみじめでたまらない。そして、それは、クラスにチャド・ヒリガスという新入生がやってきた日にはじまった。

ウッドリッジ・アカデミーの生徒は、たいていはふたつのうちどちらかの理由で入学してくる。非常《ひじょう》に優秀《ゆうしゅう》か、親が金持ちかだ。

タマヤは優秀《ゆうしゅう》な生徒だ。

マーシャルはどちらもそこそこだ。両親は大金持ちではないが、ふたりともいい仕事についていて、教育に重きをおいている。ふたりは家族旅行や外食を控《ひか》えて節約している。

チャド・ヒリガスがウッドリッジ・アカデミーにやってきたのは、ぜんぜん別の理由からだった。チャドはこの二年のあいだに、三つの学校から退学《たいがく》させられた。チャドを担当《たんとう》するソーシャルワーカーは、けんかをやめさせ、誠実《せいじつ》で前向きな生徒にするためには、より良好な環境《かんきょう》をあたえるべきだと考えた。制服《せいふく》のあるような学校ということだ。もし、両親がウッドリッジ・アカデミーの学費をしぶるようなら、チャドがいくことになるのは、少年鑑別所《かんべつしょ》内の学校になるだろうとおどした。

こうして、チャドは九月に転校してきた。マーシャルのクラスの男子生徒たちは、チャドの「前科」を知っておそれ敬《うやま》った。女子もすこしばかりこわがりながらも、ひかれたようだ。そして、新学年がはじまってほんの二週間ほどで、マーシャルもほかのクラスメートたちとおなじようにふるまうようになった。チャドのことばをひとこともききもらさないように耳をかたむけ、いちいちうなずき、ジョークには声をあげて笑う。

退学《たいがく》は、だれにとってもおそろしくてたまらないものだ。だが、チャドはそれを得意げに話した。

「四年のときの担任《たんにん》は、おれを目のかたきにしてたんだ。だからおれは、そいつをクローゼットにとじこめてやった」

「そこからでたあと、その先生はおまえをどうしたの？」

「なんにも。先公はいまもクローゼットのなかだからな」

マーシャルも、ほかのみんなといっしょに笑った。

チャドは自分が退学《たいがく》させられた学校は、三つではなく五つだといった。チャドはいつも新しい武勇伝《ぶゆうでん》を語ってきかせた。ひどい罰《ばつ》を受けたときけばきくほど、みんなの尊敬《そんけい》する気持ちも高まっていくようだった。

マーシャルはチャドに目をつけられた瞬間《しゅんかん》を忘《わす》れられない。そのときチャドは、学校にバイクでやってきたときのことを話していた。

「だれか見てたやつはいるの？」ギャビンがたずねた。

「ああ、いるさ」チャドは答えた。「おれはな、バイクで階段《かいだん》をかけ上がって、校長室につっこんだんだからな！」

「まさか！」マーシャルは思わず叫《さけ》んだ。

チャドは話すのをやめて、ゆっくりマーシャルに顔をむけた。

「おれはうそつきだっていうのか?」

みんな静まり返った。

マーシャルにはそんなつもりはなかった。ただのかけ声みたいなもので、「すげえ!」のつもりだった。

「ちがうよ」

「おい、みんなきいてたよな」チャドがいった。「こいつはおれをうそつき呼《よ》ばわりしたぞ。だれかほかに、おれがうそついたと思ってるやつはいるか?」

マーシャルはいいわけしようとした。けれど、鋭《するど》く冷たい目でにらまれて、ことばはでてこなかった。

その日ののこりは、マーシャルがどこにいっても、その視線《しせん》がつきまとうような気がした。そして、理不尽《りふじん》なことに、ゆっくりと確実《かくじつ》に、ほかのみんなからも背《せ》をむけられているような気がした。

「おまえはどっちにつくんだ?」チャドはそうせまったにちがいない。「おれか、あのケツみたいな顔《バット・フェース》のあいつか?」

最初のうち、マーシャルはなんでもないような顔をしていた。それまで通り、友だちのグループに近づいて、仲間にはいろうとした。しかし、チャドのひとにらみでグループにはいっていけず、マーシャルは恥《は》ずかしさに視線《しせん》を落とすしかなかった。

どこにいっても、悪意のこもったささやき声が追ってくるし、廊下《ろうか》ではだれかがわざとらしくぶつかってくる。しまいには、クラスで声をだすことさえ、おそろしくなった。成《せい》績《せき》も悪くなるばかりだ。試験の最中に、燃《も》えるようなチャドの視線《しせん》を背中《せなか》に感じ、とてもじゃないが集中などできなくなった。

ほかの学校でなら、七年生は授業《じゅぎょう》ごとにクラスが変わるから、マーシャルとチャドもせいぜいひとつ、ふたつのクラスでいっしょになる程度《ていど》だったかもしれない。しかし、ウッドリッジ・アカデミーの七年生は、全部で四十一人きりだ。不幸なことに、ラテン語をのぞくすべての教科で、マーシャルとチャドはおなじクラスだった。

マーシャルには四歳《さい》の双子《ふたご》の弟と妹がいる。友だちがいて、やることがたくさんあったときでさえ、ふたりのめんどうを見るのは楽しかった。親からたのまれても、たのまれなくてもだ。ダニエラとエリックは、サーカスのライオンごっこが大好きだ。ふたりはキッチンのスツールの上に乗ってガオー！　とほえる。マーシャルの役割《やくわり》は調教師《ちょうきょうし》だった。

友だちがいなくなったいま、マーシャルは双子《ふたご》と遊ぶことさえいやになった。遊んでいると負け犬になったような気がするからだ。両親から成績《せいせき》が下がったことについてたずねられると、むきになって口ごたえをした。

「ひっきりなしに、ライオンがほえてるなかで、どうやって勉強しろっていうんだよ？」

タマヤに対してもおなじだった。学園では四六時中だれからもからかいの標的にされて、いままでは、これまで通り接《せっ》してくれるのはタマヤただひとりだとわかっている。なのに、ついつい邪険《じゃけん》なことばを吐《は》いては、自己嫌悪《じこけんお》におちいる。それでも、やめることができなかった。

そんなぐあいに、ここのところずっと、マーシャルの立場は悲惨《ひさん》なものだったのに、この日、さらに事態《じたい》が悪化した。授業《じゅぎょう》中、先生に問われたチャドが、まちがった答えをいった直後、マーシャルが先生にあてられて正答をいってしまった。

そのあと、ラテン語のクラスにむかって階段《かいだん》をのぼっているとき、チャドにうしろからつかみかかられ、一挙に三段《だん》分ひきずりおろされた末、手すりにおしつけられた。

「よくきけよ、ケツ面野郎《バット・フェース》、ただですむと思うなよ」

「どういうこと……？」

「放課後、ウッドリッジ通りとリッチモンド通りの角で待ってろ」チャドはいった。「こないとただじゃすまないぞ、この腰抜《こしぬ》け野郎《やろう》」

マーシャルとタマヤは帰宅《きたく》の際《さい》、いつもその角を通る。この三年間、ずっとだ。しかし、きょうになってとつぜん、マーシャルは近道を知ったというわけだ。

5 11月2日(火) 3:18 PM

ようやくタマヤがフェンスをくぐりぬけると、マーシャルの姿《すがた》はもう木々にかくれて見えなかった。タマヤはリュックを拾いあげると、あわててあとを追った。走りながらリュックを背負《せお》う。腰《こし》をかがめて低い枝《えだ》の下を通ると、小さな岩山にのぼっているマーシャルが見えた。

「ちょっと待ってよ!」タマヤは叫《さけ》んだ。

ふたたびマーシャルは視界《しかい》から消えてしまった。

その岩山をはうようにのぼっているとき、タマヤはひざを岩に打ちつけた。マーシャルは岩山のむこう側で待っていた。腰《こし》に手をあて、不機嫌《ふきげん》な顔をしている。

「のろまなおまえをいちいち待ってたら、近道の意味なんかなくなるだろ」

「のろまなんかじゃない」タマヤはいい返した。

「ああ、そうかい。じゃあいそげよ」そういうと、マーシャルは背《せ》をむけて歩きはじめた。

木々をぬうようにジグザグに歩くマーシャルのうしろに、ぴったりはりつくようについていく。前日の夜に雨が降《ふ》ったせいで、タマヤのスニーカーにぬれた落ち葉がへばりつく。枯《か》れ葉《は》は、ふたりのまわりでハラハラと散りつづけている。

ジグザグに歩いているうちに、どうやら道をまちがえてしまったようだ。タマヤの目には、もはや道らしいものはどこにも見えなかった。もつれた枝《えだ》をかきわけ、密集《みっしゅう》したトゲのあるやぶを踏《ふ》み越《こ》えながら進まなければならなくなっていた。

「あともどりした方がいいんじゃない？」タマヤはいった。

マーシャルの答えは短く、そっけなかった。

「いいや」

タマヤは勇ましいふりをした。内心、わずかな物音にもびくついていた。低いところに生えた枝《えだ》の下をくぐるときには、よつんばいにならなければいけなかった。

「これが近道なの？」腰《こし》をのばしながら思わずそういった。

マーシャルはそのことばを無視《むし》した。ただ、ひたすら前に進む。

タマヤの靴下《くつした》は破《やぶ》れ、スカートは泥《どろ》まみれになった。母親になんといいわけしたらいいのかわからない。タマヤはうそのつけない性格《せいかく》だ。これまでただの一度も、母親にうそをついたことがなかった。

両親が離婚《りこん》したのはタマヤが一年生のときだった。当時、三人はフィラデルフィアのアパートに住んでいた。現在《げんざい》、父親は別のアパートに住んでいる。

そのころから、タマヤのことをだれもが賢《かしこ》い子だとほめそやした。自分では考えたこともなかったので、タマヤにとってそれはおどろきだった。自分はただ自分であるだけなのに。タマヤは適性《てきせい》テストを受け、ウッドリッジ・アカデミーにはいるために、ヒースクリフに引《ひ》っ越《こ》してきた。

賢《かしこ》いといわれるタマヤにも、両親のことはさっぱりわからなかった。どうして別れることになったのかも、どうして元にもどれないのかもわからない。離婚《りこん》のあと、母親はずいぶん長いあいだ、とても悲しそうだった。

タマヤがいちばん最近、父親のところに訪《おとず》れた際《さい》、父親はいった。

「ぼくはいまでも母さんのことをとても愛してるんだ。これからもずっとだよ」

帰ってきて母親にそのことばを伝え、もしかしたら、またいっしょに暮《く》らせるかもしれないよ、とタマヤがいうと、母親はまたしても悲しみにくれた。

「それは、ぜったい無理なの」母親はそうタマヤに告げた。

森のなかで、このまま一生迷《まよ》いつづけることになるんじゃないかと死ぬほどおそれているというのに、タマヤは、もし迷子《まいご》になったら、母親と父親がいっしょにさがしにきてくれるんじゃないだろうかとついつい思ってしまう。タマヤはふたりに見つけてもらったときのことを空想していた。感動的に三人で抱《だ》き合《あ》うシーンだ。その瞬間《しゅんかん》、目の前を小さな動物が走り去った。

タマヤは立ち止まった。

「いまの、なに?」

マーシャルにたずねる。

「なに、ってなんのことだよ?」

「見なかったの?」もしかしたら、キツネだったかもしれないと思いながらタマヤはつづけた。「なにか動物が、わたしのまん前を通りすぎたのよ!」

「だから?」

「なんでもない」タマヤはつぶやいた。どうしてこんなに意地悪なんだろうと思いながら。

大きな木がふたりの進路をふさぐようにたおれていた。木肌《きはだ》のほとんどが腐《くさ》り落ちてしまっている。マーシャルは倒木《とうぼく》の上に立ち、まわりを見わたした。

「うーん」そうつぶやきながら、やってきた方をふり返る。

「迷《まよ》ったの？」タマヤがたずねる。

「いいや」マーシャルは認《みと》めない。「方角をたしかめただけだ」

「近道を知ってるっていったじゃない！」

「知ってるよ。スタート地点を確認《かくにん》しただけだ。スタート地点さえわかれば、あっというまに家につける」

マーシャルはわかったといわんばかりにパチンと指を鳴らしながらいった。

タマヤは待った。うしろでなにかが折れるような音がしたのでふりむいたが、なにもない。

マーシャルは倒木《とうぼく》の幹《みき》から飛びおりた。

「こっちだ！」自信たっぷりにそう叫《さけ》ぶ。

タマヤは倒木《とうぼく》を遠まわりしてあとを追った。ほかにどうしようもない。

丘《おか》の斜面《しゃめん》をくだっていくと、小さな谷にたどりついた。今度はその谷の反対側をのぼりはじめる。一歩進むごとに、背中《せなか》のリュックが重くなる気がする。なにかがずっとうしろをつけてくるような気がして、タマヤは何度もふり返ったけれど、いつもなにも見えない。

マーシャルは足早に歩きつづける。タマヤははなれないようにしょっちゅうかけ足になったが、それでもすぐにひきはなされてしまう。そのたび、追いつくのがむずかしくなった。

タマヤは息を切らしながら、丘《おか》の斜面《しゃめん》の曲がり角のむこうに消えていくマーシャルを見ていた。リュックを背負《せお》い直すと、力をふりしぼってあとを追って走った。

とつぜん、うしろからなにかにつかまれた。セーターの襟首《えりくび》をひっぱられて、喉《のど》がつまりそうになった。

体をひねってふりほどくと、大声で悲鳴をあげて地面にたおれた。起き上がりながら目を走らせるが、そこにはだれもいない。ひげを血まみれにした頭がおかしい世捨て人《よすびと》なんかではなく、先のとがった木の枝《えだ》があるだけだった。

マーシャルがかけつけた。「だいじょうぶか？」

タマヤは恥《は》ずかしくてしかたなかった。「ころんだだけ」

セーターが木の枝《えだ》にひっかかっただけだ。

マーシャルはたおれたタマヤをただ見ている。

「ごめんな、タマヤ」ようやくそういった。

ほんとうに心配そうだ。

「この丘《おか》の先に岩でごつごつした尾根《おね》が見えたんだ」マーシャルはいった。「ここで待ってろよ。ちょっとのぼってみるから。あそこからなら、まわりのようすがもっと見えると思うんだ」

「おいてかないで」タマヤはあせっていった。

「おいてかないさ。約束する」

マーシャルはそういうと、リュックをおろして、タマヤの横においた。

「すぐもどるから」

タマヤは丘《おか》をのぼっていくマーシャルをじっと見ていた。カーブを曲がったところで、また見えなくなってしまった。タマヤもリュックをおろして、マーシャルのリュックの横においた。へとへとで、マーシャルのあとを追う元気はない。

セーターの状態《じょうたい》を調べるためにぬいでみた。思った以上にひどかった。右肩《みぎかた》のあたりに、こぶしほどの穴《あな》があいている。母親にはいいわけのしようもない。

ウッドリッジ・アカデミーの学費は奨学金《しょうがくきん》で全額《ぜんがく》まかなえてはいるものの、制服代《せいふくだい》はかかる。このセーター一着で九十三ドル（一ドルは約百十円）もする。

こんなの不公平だ。

友だちのだれにも話したことはないが、タマヤはこの制服《せいふく》が好きだった。モニカもホープもサマーも、みんなこの制服《せいふく》はダサいと思っている。毎月最終金曜日には私服《しふく》を着ていいことになっているのだが、三人はいつも、今度はなにを着てこようかと延々《えんえん》話しつづける。けれどもタマヤは、胸《むね》に金色の糸で「美徳《びとく》と勇気」、それに設立年《せつりつねん》の「1924」という文字が刺繍《ししゅう》された制服《せいふく》に袖《そで》を通すたび、誇《ほこ》らしい気持ちになる。自分が歴史の一部になう重要人物になったような気がするからだ。

そんなことを考えながら、自分でも気づかないうちに、どろどろの泥《どろ》でおおわれた大きな水たまりを見つめていた。最初はほとんど気にもとめていなかったのに、その不思議なようすの泥《どろ》を見つめれば見つめるほど、どんどん気になってきた。

黒っぽい、タールのような泥《どろ》だ。表面には、まるで宙《ちゅう》に浮《う》いているように、黄色っぽい茶色の泡《あわ》がひとつのっかっていた。

その泡《あわ》以外にも、なにかとても気になることがあるのだが、すぐにはわからなかった。ようやく、その泥《どろ》の上には落ち葉がまったくないことに気づいた。落ち葉はそこいらじゅうにあるというのに。泥《どろ》だまりのまわりは、びっしりと落ち葉でおおわれている。ぎりぎり泥《どろ》だまりの縁《ふち》までだ。それなのに、どういうわけだか、泥《どろ》の上には一枚《いちまい》もない。

タマヤは丘《おか》の方に目をやった。マーシャルは見えない。

タマヤはまたその泥《どろ》に目をもどした。落ち葉は泥《どろ》のなかに沈《しず》んでしまったのかもしれない。それにしても、その泥《どろ》は葉っぱが沈《しず》むには粘《ねば》り気《け》がありすぎるような気がする。あの泡《あわ》が落ち葉を外に追いだしているんだろうか？

5 11月2日(火) 3:18 PM

丘《おか》の下の方からガサガサいう音がした。音のする方をふりむく。また音がした。なにかが木々のあいだを動いている。

タマヤは片《かた》ひざをついて、いつでも走りだせる体勢《たいせい》をとった。そのとき、青いセーターにカーキパンツ姿《すがた》のだれかがちらっと見えた。ウッドリッジ・アカデミーの男子の制服《せいふく》だ。

タマヤは立ち上がって手をふった。

「ねえ、こっち!」タマヤは叫《さけ》んだ。

その人は立ち止まる。

「こっち、こっち!」もう一度叫《さけ》ぶ。

近づいてくる姿《すがた》を見て、それがランチルームでとなりの席にすわっていた男子だと気づいた。ベンチの上に立って、オオカミに足をかまれたといっていた子だ。たしか名前はチャド。

タマヤは丘《おか》の上にむかって大声をあげた。

「マーシャル! マーシャル! 助かったよ!」

6　エルジー

以下は、サンレイ・ファームに関する別の非《ひ》公開《こうかい》聴聞会《ちょうもんかい》からの抜粋《ばっすい》である。

ライト上院議員：あなたは、大学生のときにバイオリーンを発明されたとうかがっていますが、正しいですか？

ジョナサン・フィッツマン：それは正確《せいかく》とはいえないな。ぼくが書いたエルジーについての論文《ろんぶん》の判定《はんてい》はCマイナスだったからね。それで、大学を中退《ちゅうたい》して実家のガレージで研究をつづけたんだ。両親はすごくよろこんだってわけじゃなかったな。わかるだろ?

ライト上院議員：フィッツマンさん、質問に答える際に、あまり手をふりま

わさないようにお願いできますか?

ジョナサン・フィッツマン：ぼくが手をふりまわしてるって? それは失礼。

じっとすわってるのは苦手なもんで。動きまわりながらの方が、頭が回転す

るんですよ。

ライト上院議員：それで、その『エルジー』というのは?

ジョナサン・フィッツマン：(笑)ぼくがおチビさんにつけたあだ名ですよ。『エ

ルゴニム』の略でね。単細胞の高エネルギー微生物です。強烈なやつなんだ!

最高だよ。腕にタトゥーをいれたんだ。もしご覧になりたければ、お見せし

ますよ。

フット上院議員：正確な複写だから。

マーチ上院議員：なにも見えませんが。

ジョナサン・フィッツマン：だからいったでしょ。正確な複写だって(笑)。

世界一小さいタトゥーなんですよ! (笑) こいつを見るには電子顕微鏡が

いるだろうな。

ライト上院議員：それで、そのエルジーとやらは、バイオリーン一リットル
あたり、百万個もふくまれているんですね？

ジョナサン・フィッツマン：百万だって？　兆といってくださいよ。千兆だ
ってかまわない。もっと上だって。そう何億兆も！

ライト上院議員：手をおさえていただけませんか、フィッツマンさん。
ジョナサン・フィッツマン：これは失礼。オフィスのデスクには椅子もおい
ていないんですよ。ずっと動きまわらなきゃならないから。

フット上院議員：あなたは現在、ご両親のガレージで研究されているわけで
はないんですね？

ジョナサン・フィッツマン：ええ、いまではすばらしい研究室がありますか
らね。大学の生物学の教授はエルジーを評価しませんでしたが、そうじゃな
い人もいたってわけです。大金持ちのなかにはね。

フット上院議員：サンレイ・ファームでバイオリーンを一リットル生産する
ためのコストはどれぐらいなんですか？

ジョナサン・フィッツマン：商売のことはさっぱりなんでね。ぼくは、なん
といったらいいのか、なにもかも頭のなかで作り上げて、それを実現する方

法を考えだす男ってわけです。ただ、最初の一リットルを作るには五億ドルほどだったかな。

ライト上院議員：五億ドルですか。それで、二リットル目は？

ジョナサン・フィッツマン：だいたい十九セント。

7　11月2日（火）4:10 PM

「足元、気をつけて」

タマヤは、不気味な泥《どろ》だまりをまわりこむように進むチャド・ヒリガスにむかって声をかけた。

「その気持ちの悪い泡《あわ》みたいなもの、なんだと思う？」

チャドは知らないことばで話しかけられたかのように、タマヤを見ている。チャドはつばを吐《は》くと、まっすぐタマヤの目を見つめていった。

「マーシャルはどこだ？」

声の調子には悪意がこもっているが、タマヤにとって、チャドは唯一《ゆいいつ》の希望だ。そう思って愛想《あいそ》よく答えた。

7　11月2日(火) 4:10 PM

「マーシャルは高いところにのぼってる。家の方向を見つけようとしてるんだ。わたしたち、迷《まよ》っちゃって。あなたが近づく音がきこえたとき、最初は、あなたが話してた頭のおかしい世捨《よす》て人《びと》なんじゃないかって思っちゃった。でも、青いセーターが見えて、ほっとした」そういって、にっこりほほえむ。

チャドはもう一度つばを吐《は》くと、タマヤのわきを通《とお》り抜《ぬ》けて、マーシャルのあとを追いはじめた。そこへ、丘《おか》のむこうからマーシャルがあらわれたので、チャドは足を止めた。

チャドに気づいたマーシャルは、一瞬《いっしゅん》、とまどったようだったが、そのままおりてきた。まるで、なにごともなかったかのように。

「やあ、チャド」マーシャルはいった。

タマヤはいやな胸騒《むなさわ》ぎを覚えた。マーシャルの声の調子がおかしかったからだ。

「待ってたんだぞ」チャドがいう。

「わかってる」マーシャルが答えた。「いこうと思ってたら、タマヤが急に近道を知ってるっていいだしたんだ。この森のなかにな。だから、しかたなくいっしょに家に帰ることにした」

「母さんから、ひとりで帰っちゃだめっていわれてるから」タマヤは話を合わせた。

チャドはタマヤをにらみ、またマーシャルに顔をむけた。

「おまえを待って、道の角につっ立ってたんだぞ。おれに恥《はじ》をかかせようとしやがったな」

「ちがうよ」

チャドはマーシャルに近づき、どんと胸《むね》をおした。

「おまえはおれのこと、バカだと思ってるんだろ、あ？」

マーシャルはなんとか体勢《たいせい》を立て直していった。

「ちがうって」

とつぜん、チャドが猛然《もうぜん》と襲《おそ》いかかった。マーシャルの顔にパンチを浴びせる。つづいて首の横に。タマヤは悲鳴をあげた。

マーシャルは身を守ろうとするが、さらに二発、チャドのパンチを受けた。つぎにチャドはマーシャルの頭をつかみ、地面にひねりたおした。

「やめて！」タマヤが叫《さけ》ぶ。

チャドはタマヤをにらんだ。

「つぎは、おまえだからな、タマヤ」

立ち上がろうとするマーシャルは、頭にひざげりを食《く》らわされて、ふたたびたおれた。

タマヤの体は考える前に動いていた。

タマヤは泥《どろ》だまりに手をのばすと、ねばねばする泥《どろ》を片手《かたて》にいっぱいすくいとった。そ

7　11月2日（火）4:10 PM

れから、チャドにむかって走る。そして、タマヤの方を見たチャドの顔に投げつけた。

チャドはタマヤに襲《おそ》いかかった。けれども、タマヤはすばやく動いて身をよけた。

チャドは勢《いきお》いあまってよつんばいになった。それから、両手で顔をおおう。

あまりのおそろしさに、タマヤは身動きできなかった。

マーシャルがよろめきながらタマヤに近づき、ふたりのリュックサックをつかむと叫《さけ》んだ。

「いくぞ！」

タマヤは必死で走った。肺《はい》がパンクしてしまうのではないかと思いながらも走りつづけた。マーシャルが家の方向を見つけてそちらにむかっているのか、さらに森の奥《おく》に迷《まよ》いこんでいるのかもわからない。そんなことはどうでもよかった。とにかく、いまはチャドからすこしでも遠ざかりたかった。

走りつづけていたタマヤは、あっというまに宙《ちゅう》を飛んで地面にうつぶせに大の字になってたおれていた。足がツタにひっかかってしまったからだ。心臓《しんぞう》の鼓動《こどう》がはげしくなっている。たおれたときの衝撃《しょうげき》で両手が痛《いた》い。何度か大きく息を吸《す》ってから、立ち上がろうとしたが、もう、そんな力はのこっていなかった。こわくて、ふりむくことができない。

タマヤがうしろでころぶ音をきいて、マーシャルは立ち止まっていた。マーシャルはリュックサックをふたつもったまま、タマヤの方にもどってきた。そのようすを見て、チャドが追いかけてきていないのがわかった。タマヤはふりむいた。チャドの姿《すがた》は見えない。

マーシャルが近づいてくるあいだに、タマヤはようやく体を起こし、ひざを立ててすわった。

「だいじょうぶ?」

「たぶん」

両ひざには血がにじんでいる。たおれたときについたせいで左手首が痛《いた》い。それでも、大けがはしていないようだ。それに、マーシャルの方がずっとひどい姿《すがた》だった。鼻の下には鼻血と鼻水がこびりついているし、顔からはだらだらと汗《あせ》を流している。

「まだ追っかけてくるかな?」タマヤはマーシャルにたずねた。

「さあな。でも、きょうじゃなきゃ、あしたまただ」

それがほんとうなのは、タマヤにもわかった。チャドのことばは、いまもまだタマヤの頭のなかで響《ひび》いている。「つぎは、おまえだからな、タマヤ」

そして、それをいわれたのは、タマヤがチャドの顔に泥《どろ》をぶつける前だった。

タマヤはなんとか立ち上がって、自分のリュックサックを受けとった。ふたりはそのまま前にむかって歩きつづけた。

7 11月2日（火） 4:10 PM

「こっちでいいの？」タマヤがたずねる。「上からなにか見えた？」

「いいや」

「ところでさ、どうして、あいつをあんなに怒《おこ》らせちゃったの？」

「授業《じゅぎょう》中に先生の質問《しつもん》に答えたんだよ」

タマヤはなんのことやらわからない。「それがどうして？」

「七年生になればわかるさ。なんでも知ってるような顔はしちゃだめなんだ」

空が暗くなりはじめている。タマヤはだんだん心配になってきた。すぐになんにも見えなくなってしまいそうだ。

「見ろよ、煙《けむり》だ！」マーシャルが叫《さけ》んだ。

「どこ？」

「あそこの煙突《えんとつ》からでてる」

マーシャルがさす方を見ると、たしかに灰色《はいいろ》の空を背景《はいけい》に灰色《はいいろ》の煙《けむり》が見えた。

ふたりはいそいでその方向にむかって歩いた。ただ、タマヤは考えずにはいられなかった。もしかしたら、頭のおかしい世捨《よす》て人《びと》の家なのかもしれないと。タマヤは自分たちが邪悪《じゃあく》な魔女《まじょ》の家にむかって歩くヘンゼルとグレーテルみたいだと思った。

ところが、煙《けむり》の出所に近づくと、それは森のなかの一軒家《いっけんや》からでているわけではなかった。車のとまっている家が何軒《なんげん》もならび、それらの家には芝生《しばふ》の前庭もついている。タマヤは金属製《きんぞくせい》の低いガードレールをまたいで道にでた。地面によつんばいになって、アスファルトにキスしたい気分だった。でも、そんなところをマーシャルに見られたら、変なやつだと思われてしまうだろう。

タマヤはふり返って道路標識《ひょうしき》を見た。「行き止まり」と書かれていた。ガードレールが森と住宅地《じゅうたくち》との境界《きょうかい》だった。森をはなれて歩いているうちに、街灯がともりはじめた。タマヤはどこかの家のドアをノックして、家まで送ってもらえないかたのんでみようと提案《ていあん》した。けれども、マーシャルはそんな必要はないといった。マーシャルは自分がどこにいるのかわかっていた。もう、そんなに遠くない。

タマヤの右手がチクチクしはじめていた。ついつい左手でかいてしまう。痛《いた》いというわけではないのだが、肌《はだ》がピリピリするような感じだ。まるで、あけたばかりのソーダ缶《かん》のように。

....

2×1＝2
2×2＝4

8　小さなエルジーがひとつ

以下は、上院非《ひ》公《こう》開《かい》聴《ちょう》聞《もん》会《かい》におけるジョナサン・フィッツマンの証言《しょうげん》のつづきである。

マーチ上院議員：フィッツマンさん、失礼ですがあなたのおっしゃることが、いまひとつはっきりとわかりかねます。あなたはバイオリーン一リットルあたり、一兆以上のエルゴニムがふくまれているとおっしゃいましたか？

ジョナサン・フィッツマン：それ以上です。

マーチ上院議員：それは、人工の有機物なのですね？　それをどうしてそんなに大量に作ることができるのですか？

ジョナサン・フィッツマン：（笑）たしかにね。そんなの無理ですよ。ぼくが作らなきゃいけなかったのはひとつだけ。

マーチ上院議員：よくわからないんですが。

ジョナサン・フィッツマン：たったひとつのエルゴニムだけ。繁殖可能な。ぼくが作った最初のいくつかのエルゴニムは、細胞分裂の過程を乗り切ることができなかった。あわれなおチビさんたちは、破裂してしまうんだ。そこがいちばんむずかしいところでした。ずいぶん長くかかってしまった。

マーチ上院議員：破裂とは？

ジョナサン・フィッツマン：ドッカーン！（笑）研究室では電子顕微鏡の画像をコンピュータの巨大なモニターで観察できるんですよ。あれは壮観だったな。ぼくのエルジーが細胞分裂をはじめるたびにドカーン！独立記念日の花火みたいだったよ。

ライト上院議員：それでも、ついには破裂しないエルゴニムが完成したということなんですね？

ジョナサン・フィッツマン：そう、完ぺきなエルゴニム。二年半の年月と五億ドルもかけてね。それでも、創りだした。たったひとつのエルジーを。そして、三十六分後にはふたつになっていた。ふたつ目は、ひとつの完全なコピーだ。さらに三十六分後には四個に。そして八個、十六個。三十六分たつごとに倍々にふえつづけるってわけですよ。

マーチ上院議員：だとしてもですよ、一兆個となれば、一リットル分のバイオリーンを作るだけで、何年もかかるんじゃありませんか？

ジョナサン・フィッツマン：とんでもない。簡単な算数ですよ。二十四時間後には百万以上のおチビさんたちが生まれてる。そして、つぎの日の午後には、もう一兆ごえだ。（鼻歌で）ひーとつ、ふーたつ、みっつのエルジー、よーっつ、いーつつ、むっつのエルジー。

9　11月2日（火）5:48 PM

歩道のアスファルトのひびからは、雑草《ざっそう》が生えていた。タマヤはため息をつきながら道をわたり、自分の家の前のポーチの木の階段《かいだん》に足をかけた。二段《だん》目が足の下でぐらつく。マーシャルのバカげた近道のせいで、二時間もおそくなってしまった。もちろん、近道などなかったんだし、そもそも近道をいこうとすること自体がとんでもなくバカげたことだった。チャドがこわいのなら、ふつうの道を歩く方がよっぽど安全なのに。まわりには通行人がたくさんいるんだし、車だって走ってるんだから。

家には明かりがついていなかった。ときどき、母親の帰りがおそくなることがある。タマヤは、きょうがその日であってほしいと心から祈《いの》った。

タマヤはいつも家の鍵《かぎ》を首からさげている。チェーンの先にあるはずの鍵《かぎ》に手をのばしたところでパニックにおちいった。鍵《かぎ》がなかったからだ。あわててひっぱったせいで、あやうくチェーンを切ってしまうところだった。チェーンをぐるぐるたぐると、鍵《かぎ》が見つかった。

ほっとして大きなため息をつく。いつのまにか鍵《かぎ》が首のうしろにまわってしまったようだ。それでも、難《なん》をのがれたとはいえない。ほど遠い。

タマヤは鍵《かぎ》をさしてドアをあけた。

「ただいま」ドアをあけながら声をかける。「ただいま！」

返事はなかった。ここまではよかった。質問《しつもん》を受けずにすむし、うそもつかなくてすむ。

タマヤはあちこち明かりをつけながら、足早に自分の部屋にむかった。家のなかの部屋はどれもこぢんまりしていて、それぞれの壁《かべ》は、はでな色にぬられている。キッチンは赤と青、リビングは黄色、廊下《ろうか》は緑だ。タマヤの部屋の壁《かべ》は青緑色で、クローゼットのとびらと窓枠《まどわく》は黄色だ。タマヤはリュックサックをおろすとベッドにたおれこんだ。でも、たおれこんでいたのは短い時間だけだ。

右手はまだチクチクする。タマヤは洗面台《せんめんだい》の前に立つと、明かりをつけてじっくり見た。手のひらと指のいたるところに、小さな赤いぶつぶつができていた。

タマヤは抗菌《こうきん》せっけんを使ってお湯で手を洗《あら》った。ぎりぎりがまんできる熱いお湯でだ。腕《うで》や足にこびりついた泥《どろ》や血は、タオルでこすり落とす。

ひざにばんそうこうをはっていると、電話のベルが鳴った。母親が何度も電話をかけていたんじゃないかと心配になった。あわてて母親の部屋にかけこんで、四度目のベルで電話をとった。

「もしもし」

「もしもし、わたしよ。帰りがおそくなってごめんね」

「うん、だいじょうぶだよ」罪悪感《ざいあくかん》が体じゅうをかけめぐる。

「晩《ばん》ごはんにピザなんてどう？」

「いいね」

「だいじょうぶなの？」

「え、なんで？　だいじょうぶだよ」タマヤは精一杯《せいいっぱい》なんでもなさそうにいった。

「マッシュルーム、ピーマン、オニオンでいい？」

「オニオンなしで」

「じゃあ、オニオンは半分にだけのせてもらうね」

タマヤはそれ以上はいわなかった。のこりの半分もオニオン味になってしまうのはわかっていたけれど。

「いそいで帰るから」

「うん、わかった」タマヤは電話が切れる音がきこえてから、受話器をおいた。

タマヤはばんそうこうをはり終えて自分の部屋にもどり、汚《よご》れた服をぬいでフランネルのパジャマに着替《きが》えた。パジャマ姿《すがた》になれば、母親によけいな心配をかけずにすむ。近ごろでは夜は冷えこむし、タマヤも母親もやわらかくて楽なパジャマ姿《すがた》でいるのが好きだ。いつもは夕食が終わってから着替《きが》えるのだけれど。ふたりはよくその格好《かっこう》で、あたためたアップルサイダーを飲みながらテレビを見たし、最近ではならんで勉強や仕事をしたりしている。

タマヤは汚《よご》れた服を集めて、洗濯機《せんたくき》にもっていった。

自分の服を自分で洗濯《せんたく》をしても疑《うたが》われる心配はない。去年、モニカの誕生《たんじょう》パーティ用にすてきな紫色《むらさきいろ》の服を手にいれて以来、ときどき自分で洗濯《せんたく》しているからだ。以前、マーシャルとマーシャルのお母さんが家に遊びにきたとき、タマヤの母親がいったことがある。

「もし、わたしが洗濯《せんたく》するのを待ってたら、タマヤは裸《はだか》で学校にいくことになっちゃうと思うの」

母親がマーシャルの目の前でいったそのことばが、あまりに恥《は》ずかしいのと腹立《はらだ》たしいのとで、タマヤは自分の部屋にかけこんでしまった。ようやく、部屋からでてきたのは、マーシャルとマーシャルのお母さんが帰ってからだ。いまでも、そのときのことを思い出すと、顔が赤くなる。

タマヤは汚《よご》れた服を洗濯機《せんたくき》にほうりこみ、洗剤《せんざい》をいれ、水温を設定《せってい》すると、スタートボタンをおした。水がそそがれる音をききながら、殺人をおかしたあと、すべての証拠《しょうこ》を消し去っているところのような気がしていた。

右手のはげしいチクチクは、ぜんぜんおさまらない。タマヤは母親のバスルームにいって、ひきだしやキャビネットのなかをさがしまわった。とはいっても、自分がなにをさがしているのか、よくわかっていない。そのうち、青いびんにはいったハンドクリームが見つかった。ラベルを読むと、乾燥肌《かんそうはだ》やひびわれ、かゆみをおさえる効果《こうか》があるとあった。

ふたをあけ、白くてとろっとしたクリームに指をつっこんだ。それから、ぶつぶつがでてきているところにぬりたくった。ひんやりして、スーッとする。なんだか、ぬったとたんに効《き》きはじめたような気がする。よく見ると、ぶつぶつはそんなに赤くないし、チクチクもそれほどひどくない。

壁《かべ》のむこうでガレージのあくガラガラという音がした。母親が帰ってきた。

2×4＝8
2×8＝16

…………


母親はピザをおくと、タマヤの頬《ほお》にキスをしていった。

「食べはじめてて。返信しなくちゃいけないメールが一本あるから」

ピザの箱からはオニオンのにおいがただよっている。タマヤは自分が食べる分を皿にのせる前に、飛び散ったオニオンをとりのけなくてはならなかった。ハンドクリームの成分を口にいれたくなかったので、左手でやった。

母親の一本のはずのメールは六本になったが、タマヤにはありがたかった。母親が仕事に気をとられればとられるほど、タマヤへの質問《しつもん》はへるだろう。

母親はメールに目を通しながらサラダを作っていた。ひとつのことだけを集中してやるなんてことは、めったにない。

「それで、フィルバート先生は、あなたのレポートを気にいってくれた?」サラダをテーブルにおきながらたずねてきた。

「時間がなかったんだ」タマヤは答える。「わたしのは、発表できなかった」

「あら、残念。あんなにがんばったのにね」

母親の髪《かみ》の毛《け》と瞳《ひとみ》の色は、タマヤとおなじで黒っぽい。でも、肌《はだ》の色はタマヤよりすこし薄《うす》い。はでな色合いの服が好きで、グリーンのアイシャドーは、ブラウスの色にマッチしている。

タマヤは肩《かた》をすくめる。「あした、発表できると思うよ。どっちみち、カルビン・クーリッジ大統領《だいとうりょう》に興味《きょうみ》のある人なんていないけど」

できることなら、ほかの大統領《だいとうりょう》について書きたかった。でも、ようやくフィルバート先生にあててもらったときには、おもしろそうな大統領《だいとうりょう》はだれものこっていなかった。

いつものことだ。タマヤは手を上げて、静かにしている。すると、だれかが大声で怒鳴《どな》りだす。

「ぼくはリンカーン！」おなじようにワシントン大統領《だいとうりょう》の名前を叫《さけ》ぶ子もいる。フィルバート先生は、大声で怒鳴《どな》った生徒たちに大統領《だいとうりょう》を割《わ》りふっていく。事前に「わたしが指名するまで、静かに手を上げていてください」といっていたのにもかかわらず。

ようやく、タマヤが指名されたとき、カルビン・クーリッジはどうかといったのは先生の方だった。

「クーリッジはあなたによく似《に》てると思うのよ、タマヤ」先生はいった。「とても物静かな人だったから、『静かなるカル』って呼《よ》ばれてたの」

9　11月2日（火）5:48 PM

物静かということばを、フィルバート先生は、まるでそれがふつうではないことのようにいった。「静かに手を上げていてください」といったのは先生なのに。タマヤはそう思った。

夕食がすむと、タマヤと母親はソファにならんですわって、それぞれ勉強と仕事に取り組んだ。テレビはつけっぱなしにしてあるが、ふたりともほとんど見ていない。母親はひざにパソコンをのせていて、タマヤはコーヒーテーブルの上にノートと歴史の本を広げている。

タマヤはインターネットを見てはいけないことになっている。ウッドリッジ・アカデミーでは、タブレットやスマホが禁《きん》じられているからだ。学園長のサクストン先生は、生徒になにごともむかしながらのやり方を求めている。電卓《でんたく》さえも例外ではない。

母親がパソコンから目を上げて、食事のあとに手を洗《あら》ったかとたずねてきた。

「ピザソースがついてるわよ」

タマヤは自分の手を見た。ピザソースじゃない。母親のハンドクリームをぬったのに、赤いぶつぶつがまたでてきていた。ひとつひとつが大きくなっているし、数もふえていた。いわれるまでは忘《わす》れていたのに、チクチクする感覚ももどっている。

これ以上、かくしておくことはできないと思った。

「これはピザソースじゃないんだ」タマヤはいった。「たぶん、なにかにかぶれたんだと思う」

タマヤは手を前にだした。

タマヤも母親も、真剣《しんけん》に考えるときには下唇《したくちびる》をかむくせがある。タマヤの手を調べている母親は、下唇《したくちびる》をかんでいた。

「チクチクするんだ」タマヤはいった。

「心あたりはあるの？」

「気づいたのは放課後なんだけど」そういうのがやっとだった。森のことはだれにも話さないとマーシャルと約束したからだ。「母さんのもの、貸《か》してもらった」

「なにを？」

「ハンドクリーム。青いびんのやつ」

「ああ、あれね。わたしもよく使ってる。すごく効《き》くんだよ。魔法《まほう》みたい」

それをきいて、タマヤはほっとした。

「あしたの朝、会議の予定がはいってるんだけど、キャンセルしてサンチェス先生に診《み》てもらう？」

9　11月2日(火)　5:48 PM

「だいじょうぶ、そこまでひどくないから。寝《ね》る前に、もう一回ハンドクリームをつけておく」

「じゃあ、あしたの朝のようすで決めようか」母親はそういった。

あのとき、母さんのいう通りサンチェス先生に診《み》てもらえばよかった。あとになってタマヤはそう考えた。そうしておけば、すくなくとも登校するとき、チャドに待《ま》ち伏《ぶ》せされるんじゃないかと心配する必要もなかったのに。

「つぎは、おまえだからな、タマヤ」

だけど、先生たちもいる通学路で、七年生の男子が五年生の女子をボコボコにするなんてことはあるんだろうか？　それはあんまり考えられないとタマヤは思っていた。チャドならおしたおすぐらいのことはするかもしれないけれど、それなら、破《やぶ》れたセーターのことで文句《もんく》をいってやる。そうしたら、チャドの親が新しいのを買ってくれるかもしれない。チャドさえいなければ、セーターに穴《あな》なんかあけずにすんだんだから、ある意味まちがっていないと思う。

タマヤはもう一度セーターの穴《あな》を調べた。自分でつくろった穴《あな》は、そんなに目立たないと思った。

朝から病院にいきたくない理由がもうひとつあった。友だちの前では決して認《みと》めたくない理由だ。

タマヤはこれまで一度も学校を休んだことがない。毎年、年度の終わりに皆勤賞《かいきんしょう》をもらってきた。いまとなっては、二年や三年のときとちがって、そんなにだいじなことではなくなっているけれど、それでも、皆勤賞《かいきんしょう》はとりつづけたかった。

ベッドにはいる前、タマヤはいつも通り祈《いの》りを捧《ささ》げた。この夜はチャド・ヒリガスのことも祈《いの》った。チャドがひどい目にあっていませんように、と。神様、どうかチャドが、自分のなかの良き心を見つけるのをお助けください。

…………

2×16＝32
2×32＝64

10 11月3日(水) 2:26 AM

タマヤは眠《ねむ》りについた。マーシャルは眠《ねむ》れなかった。チャドに責《せ》め立《た》てられる以上に、自分で自分を責《せ》めていた。

なんとか眠《ねむ》ろうとベッドに横たわってはいる。チャドのあつかいには、十分気をつけなければいけないことはわかっていた。けれども、眠《ねむ》ろうとすればするほど眠《ねむ》れない。眠《ねむ》りとは、心が穏《おだ》やかにならなければ訪《おとず》れないものなのかもしれない。

学校からの帰りがずいぶんおそくなったせいで、マーシャルはやっかいなことになった。早く帰って双子《ふたご》のめんどうを見るはずのマーシャルの代わりに、父親が早めに仕事を切り上げなければならなかった。

「おまえがウッドリッジ・アカデミーに通いつづけるためのたったひとつの方法は、それそれが自分の役割《やくわり》を果たすってことなんだ」父親はマーシャルにそういった。

「わかったよ、じゃあ、転校するから」マーシャルが答える。「あんな学校、大きらいだ」

マーシャルにはさっぱりわからない。両親が無理をしなければならず、自分は大きらいだというのに、どうして、ほかの学校じゃいけないんだ？　けれども、マーシャルの口ごたえで、両親はさらに怒《いか》りをつのらせた。

そのあと、部屋にひき上げるとちゅう、たまたま双子《ふたご》が作った人形たちの「ヒッポ村」をふんづけてしまったものだから、さらに双子《ふたご》のわめき声を招《まね》いてしまった。

「踏《ふ》まれたのがおまえじゃなくてよかったと思うんだな」マーシャルは妹のダニエラにそうにくまれ口をたたいた。

なにもかも、両親のせいだとマーシャルは決めつけた。マーシャルの誕生日《たんじょうび》は幼稚園《ようちえん》や学校の年度が替《か》わる二日前、九月二十九日だが、四歳《さい》になったとき、両親は決断《けつだん》をせまられた。いちばん年下の園児としてそのまま幼稚園《ようちえん》にいれるか、一年待っていちばん年上でいれるかだ。もし、一年待っていたなら、マーシャルは年上で、体も大きく強かったはずだ。そして、チャド・ヒリガスと同学年になることもなかった。

「アメリカの上院議員の数は？」デービソン先生があのときチャドにした質問《しつもん》はそれだった。

10　11月3日(水) 2:26 AM

「二十九人?」チャドは適当《てきとう》に答えた。

その答えに笑い声をあげたのはアンディだった。マーシャルではなく。

「上院議員がたったの二十九人って、どういうことだよ。アメリカには五十州あるんだぞ!」アンディはそういった。

しかし、デービソン先生がいった。「マーシャル、チャドに正解《せいかい》を教えてやってくれないかな?」

その瞬間《しゅんかん》、マーシャルはいやな予感がした。わざとまちがえようかとも考えた。たぶん、そうするべきだったんだろう。でも、どう答えるべきかなんて、だれにわかるというんだ? もし仮《かり》に「二十八人」とか「百万人」と答えたとしたら、チャドはバカにされたと思うだろう。

結局、マーシャルは自分の机《つくえ》に目を落としたまま、小さな声でいった。

「百人、だと思います」

チャドに階段《かいだん》からつき落とされそうになったのは、そのほんのすぐあとだった。

「カタをつけてやる。こないとただじゃすまないぞ、この腰抜《こしぬ》け野郎《やろう》!」

いまや、目をらんらんと見ひらいたまま、マーシャルは朝の二時半をむかえていた。マーシャルは自分にいいきかせる。あれだけチャドになぐられたんだ。もう、これでカタはついたはずだ。

ただ、マーシャルには正反対の可能性《かのうせい》の方が高いとわかっていた。一度血の味をしめたチャドは、何度でもくり返すにちがいない。そして、それはタマヤに対してもだ。

マーシャルはタマヤといっしょに登校するところを思《おも》い浮《う》かべた。タマヤはモニカのことか、そうでなければカルビン・クーリッジのことをしゃべっている。そこへあらわれたチャドはタマヤの髪《かみ》をつかんで、ふりむかせ、顔にパンチをたたきこむ！

「やめろ！」マーシャルは叫《さけ》ぶ。

タマヤはたおれ伏《ふ》して泣いている。チャドがもう一度タマヤに襲《おそ》いかかろうとしたとき、マーシャルはチャドの腕《うで》をつかむ。「やめろといっただろ、このケツ面野郎《バット・フェース》！」

チャドがマーシャルをどつく。マーシャルもやり返す。まわりを人がかこむ。

チャドはめちゃくちゃに腕《うで》をふりまわしてパンチをくりだすが、マーシャルはひょいひょいとよけて、パンチを打ち返す。

最初のうちは、チャドを応援《おうえん》する声ばかりだが、時間がたつうち、むかしからの友だちが応援《おうえん》する声がきこえはじめる。

「やっちまえ、マーシャル！」

10 11月3日（水）2:26 AM

「負けるな、マーシャル！」

そして……。

眠《ねむ》れずにもんもんとその空想をつづけていると、けんかの結末は毎度ちがう。あるときは勝ちをおさめ、血まみれになって許《ゆる》しをこうチャドをおき去りにする。またあるときには長い闘《たたか》いの末にチャドが勝つ。

マーシャルは、身動きできずに歩道にのびている自分の姿《すがた》を見た。かたわらには、かわいいクラスメートのアンドレア・ゴールとローラ・マスクランツがひざまずいていて、すごく勇敢《ゆうかん》だったねといいながら、顔についた血をペーパータオルでぬぐってくれている。ローラは頰《ほお》にキスをする。

そうやって空想に浸《ひた》りながらも、そんなことは起こりっこないとわかっている。もし、チャドがタマヤに襲《おそ》いかかったら、自分にできるのは、タマヤが大けがをする前に、先生が止めにきてくれるのを祈《いの》ることぐらいだ。そうなれば、チャドは退学《たいがく》になるかもしれない。チャドがいなくなれば、ほかの子たちはまた友だちづきあいをしてくれるかもしれない。

それが精一杯《せいいっぱい》の願いだ。そして、そんなことしかできない自分が心底いやだった。自分が腰抜《こしぬ》け野郎《やろう》そのものだとわかっているからだ。

11 ポンッ!

上院議会の非公開聴聞会より抜粋。

ハルティングズ上院議員：もちろんわたしたちだれもが、ガソリンに代わる環境を汚染しない安価な燃料を渇望しています。しかし、わたしがおおいに懸念しておりますのはですね、フィッツマンさん、万が一、あなたが作ったエルゴニムが自然環境にまぎれこむようなことになったら、いったいどうなるのかということなんです。動植物にはどのような影響があるのですか？

そして、もちろん人間には？　そこが知りたいのです。

ジョナサン・フィッツマン：その点は心配しなくてだいじょうぶ。

ハルティングズ上院議員：小さければ小さいほど、隔離しておくのはむずかしいでしょう。虎や灰色グマを檻にとじこめておくことはできても、小さな微生物はたいへんなのでは？

ジョナサン・フィッツマン：なんにも問題ありませんよ。

ハルティングズ上院議員：あなたがおっしゃる通りなら、いずれ人びとはマイアミからシアトルにいたるまで、国じゅうのガソリンスタンドで車にバイオリーンをいれることになるでしょう。バイオリーンを積んだタンクローリーが、国じゅうを走りまわるわけですよね？　もれでることもあるでしょう。事故にあうことだって。そしたら、どうなります？

ジョナサン・フィッツマン：いいですか、あなたがたの心配は、まるで正反対なんですよ。あなたがたはエルゴニムが外にでることばかり心配しているが、実際には正反対なんです。わたしがいちばん気をつかっているのは、外部のものをなかにいれないことなんだ。

ハルティングズ上院議員：どうちがうんですかね？

ジョナサン・フィッツマン‥エルゴニムに酸素は禁物なんですよ。エルジーは酸素にさらされたとたん、ポンッ！　ってこと。

ハルティングズ上院議員‥ポンッ！　ですか？

ジョナサン・フィッツマン‥こわれてしまうんだ、ポンッ！　ってね。エルジーが空気中にただよいでるなんて心配は必要ないんですよ。サンレイ・フアームでは、特別に真空を保つホースやタンクを作らなきゃいけなかった。空気をなかにいれないためにね。

12

11月3日〈水〉 7:08 AM

タマヤはお気にいりの音楽で目を覚ました。冷たい空気が窓《まど》からはいってきた。ふとんのぬくもりがいっそうありがたく感じられる気がして、窓《まど》はいつも、ほんのすこしだけあけてある。

お気にいりの音楽は、毎朝、七時八分に流れはじめる。八は好きな数字だからだ。モニカが好きな数字は七だ。いちばんの親友モニカも、毎朝七時八分に目を覚ましている。

タマヤは去年のことをぼんやり思い出していた。四年生の教室のうしろには、巨大《きょだい》な暖炉《だんろ》があった。担任《たんにん》の先生はからっぽの暖炉《だんろ》にクッションをいっぱいならべていて、課題を終えた生徒は、暖炉《だんろ》のなかで本を読むことが許《ゆる》されていた。とても大きな暖炉《だんろ》で、四人ぐらいは十分寝《ね》そべることができた。タマヤとモニカはいつもまっ先にその暖炉《だんろ》にはいって、ならんで本を読んだ。くすくす笑いださないように、ぐっとがまんしながら。

そんな思い出をむしばむように、おそろしい感覚がじわじわと広がってくる。クッションをならべた暖炉《だんろ》のイメージが、すこしずつあの森に、破《やぶ》れたセーターに、そしてチャドにおきかわっていく。チャドは冷たい目でにらみながらこういう。

「つぎは、おまえだからな、タマヤ」

手がチクチク痛《いた》んだ。ふとんから手をだして調べてみる。最初、ぶつぶつはなくなったと思ったけれど、目が明るさに慣《な》れるにつれて、赤いぶつぶつがまだあることがわかった。粉っぽい皮のようなものにおおわれている。

その粉は枕《まくら》にも落ちていた。ふとんをまくってシーツを見ると、粉はあたり一面にちらばっている。ピンクがかった赤銅色《しゃくどういろ》、つまりタマヤの肌《はだ》とおなじ色だ。

タマヤはベッドから飛びだして、バスルームにいった。

粉はすぐに流れ落ちたが、ぶつぶつは昨夜より広がっている。赤いぶつぶつは右手全体をおおい、手首にまではい上がっていた。いくつかのぶつぶつは水ぶくれになっている。

鏡を見ると、顔の右側にも粉っぽい皮におおわれたところがあった。あわてて水で洗《あら》い流《なが》し、つぎに顔の全体をせっけんをつけたタオルとお湯でごしごし洗《あら》った。

顔にぶつぶつはできていなかった。すこし赤みがかっているが、ごしごしこすったせい

12　11月3日(水) 7:08 AM

かもしれない。

母親の「魔法《まほう》の」ハンドクリームはタマヤの部屋にある。寝《ね》る前にはぶつぶつひとつひとつにほんのすこしぬって、やさしくすりこんでおいた。いま、タマヤはむきになっていた。一度に二、三本の指をクリームにつっこみ、たっぷりとりだすと右手全体にぬりたくった。

タマヤは部屋にもどると、ベッドからシーツをはがして丸めた。それを洗濯機《せんたくき》につっこむと、温度設定《せってい》をいちばん高くした。

「朝っぱらから、シーツの洗濯《せんたく》?」

タマヤはあわててふりむいた。

すでに着替《きが》えた母親が立っていた。クランベリー色のスカートにジャケット姿《すがた》だ。アイシャドーの色も合わせている。

「あのぶつぶつが」タマヤはいった。「ほかにうつるといやだから」

「ちょっと見せて」

タマヤは右手をだした。

「きのうより、よくなってるみたいね」

そう見えるのは分厚《ぶあつ》くぬったハンドクリームのせいだとわかっているが、タマヤはなにもいわなかった。母親の息は歯磨《はみが》き粉《こ》とコーヒーのにおいがした。

「ああ、そうだ」母親がいった。「マーシャルにいっておいてくれない。きょうの放課後、車でむかえにいくから、マーシャルもよかったらどうぞって。そのあと、サンチェス先生に診《み》てもらいにいきましょ」

タマヤはうなずいた。右手のぶつぶつをちゃんと診《み》てもらえると思うとありがたかった。

…………

2×64＝128

2×128＝256

タマヤはリュックサックを背負《せお》うと、肩《かた》ストラップをセーターの穴《あな》がかくれる位置にあて、母親に気づかれる前に足早に家の外にでた。穴《あな》のことをどう説明しようか、タマヤはまだ思いついていなかった。

マーシャルの家につくと、ちょうどマーシャルが表にでてきた。以前かけていたメガネ姿《すがた》だ。

マーシャルは夏休みのあいだにメガネからコンタクトレンズに替《か》えた。タマヤはメガネ姿《すがた》の方が好きだった。メガネがないと、マーシャルの顔はなんだかぼんやりして見える。

12　11月3日（水）7:08 AM

「きょうはメガネなんだね」タマヤはいった。

マーシャルは肩《かた》をすくめている。「森でコンタクトなくした」

「そうなんだ」

マーシャルの顔に打ちこまれたチャドのパンチが、目からコンタクトレンズを吹《ふ》き飛《と》ばすようすを思《おも》い浮《う》かべてしまった。実際《じっさい》にそんな風になったわけではないだろうとはわかっていたけれど。

マーシャルの顔に青あざは見あたらなかった。ただ、げっそりと疲《つか》れたような顔をしている。まるで六日も寝《ね》ていないようだ。

マーシャルは片足《かたあし》をひきずっていた。いつもは追いつくのに必死なのに、歩道をゆっくり歩きながら、遅刻《ちこく》してしまうんじゃないかと心配になってくる。

タマヤの右手のチクチクはジンジンに変わりはじめていた。千本まとめた細い針《はり》でつつかれているようだ。

「ああ、そうだ、きょうの放課後、母さんが車でむかえにくるって。そのあと、病院にいくんだ。きのう森でなにかにかぶれちゃったみたいだから」

タマヤは右手をさしだしたが、マーシャルはちらっと見もしない。

「森にいったってしゃべってないだろうな」マーシャルがたずねる。

「しゃべってないよ」

「もしばれたら、ふたりとも……」

「しゃべってないってば」

「ならいいんだ」

「よかったら、いっしょに車に乗っていかないかって」

「ああ、どっちでもいい」

マーシャルはそういったが、タマヤにはほっとしているのがわかった。チャドから安全だからだ。

ふたりは角を曲がってリッチモンド通りにはいった。朝の通勤《つうきん》時間で、車がたくさん走っている。タマヤはあらためて思った。きのうの帰り道、いつも通りの道を歩いて帰った方が、ずっと安全だったのにと。セーターに穴《あな》をあけることも、コンタクトレンズをなくすこともなかったのに。それに、おそらく、手にぶつぶつができることもなかった。どうしてできてしまったのか、まだ心あたりはなかったけれど。

森に沿《そ》って歩いていると、朝目覚めたときのおそろしい感覚がよみがえってきた。一歩進むたびに、その感覚がどんどん重くなる気がする。

自分がなにをいちばんおそれているのか、タマヤにはよくわからない。まわりに人がた

12 11月3日(水) 7:08 AM

くさんいるのだから、それがチャドじゃないのはわかる。なにかほかのものだ。なにかもっとおそろしいもの。とてもおそろしいなにかが、いまにも起ころうとしている気がするのに、あまりにおそろしすぎて、脳《のう》がそれを認《みと》めようとしないかのようだ。

ふたりはウッドリッジ通りに近づいた。

「ここでチャドと会うことになってたんだ」マーシャルがいった。

歩道とフェンスのあいだに雑草《ざっそう》が生えた未舗装《みほそう》のスペースがある。マーシャルがこないことに気づいたチャドは、ここからフェンスを乗りこえて森にはいったんだろう。

「ここなら、まわりに人がいたじゃない」タマヤはいわずにいられなかった。「森よりはましだよ」

「うるさいな」マーシャルは地面をけった。

なんだかマーシャルがかわいそうになった。そんな風に感じるのがいやだ。以前のように、あこがれるような目で見ている方が好きだったのに。

「チャドって、ほんとうにいやなやつ」タマヤはいった。

「あいつのことなんか、どうでもいい」マーシャルがつぶやく。

「デブのいやなやつ！」

あんまり大きな声だったので、もしチャドが近くにかくれていたら、まちがいなくきこえてしまっただろう。

ふたりは角を曲がってウッドリッジ通りにはいった。ここから学園までは、道の両サイドに森が広がっている。

タマヤは足を速めた。

「ちょっといそいだ方がいいかも。遅刻《ちこく》しそう」

タマヤがそういっても、マーシャルはうしろをゆっくり歩いている。

タマヤの足はどんどん速まった。そのうち、なぜだか走りだしたくてたまらなくなってきた。遅刻《ちこく》するのがいやだから、という理由だけじゃない。タマヤは恐怖《きょうふ》を感じていた。それがなにに対するものなのかは、わからなかったけれど。

学園で折り返してきた車の列とすれちがいはじめたころには、タマヤは息を切らしていた。そこでようやく走るのをやめた。

だれかが自分の名前を呼《よ》んでいる。

モニカの妹のメリリーだった。お母さんが運転するメルセデスのウィンドーから身を乗りだして、タマヤにむかって手をふっている。

タマヤは左手で手をふり返した。なるべく右手はかくしておきたい。タマヤは歩道でメリリーとモニカが車からおりてくるのを待った。

12 11月3日(水) 7:08 AM

「きのうはどこにいってたの?」モニカがたずねる。「ずっと電話してたのに」

モニカになにもかも打ち明けたかった。でも、それはできない。モニカはホープに話すだろうし、そうなったら、学園じゅうに知られてしまう。

「そうだったんだ。でたりはいったりしてたからかな」タマヤはいった。

「携帯《けいたい》もちなよ」モニカがいう。

「禁止《きんし》されてるし」

「帰ってから使えばいいんだよ」

「わたしもでたりはいったりしてた」メリリーがいった。「それから、またでて、またはいってきたんだよ」

モニカは妹をだまらせた。

「ねえねえ、きのう、だれと会ったと思う? きっと信じられないよ」モニカがタマヤにいう。

「ボーシャン先生だよ」メリリーがいった。

「うるさいな、わたしがいおうと思ったのに。そう、ボーシャン先生なんだ。ジョギングしてたんだよ。わたしんちのまん前で! わたしに気づいたら『ボンジュール、マドモアゼル・モニーク』だってさ。あやうく大笑いするところだったんだから」

ボーシャン先生は、二年生のときからのフランス語の先生だ。

「髪《かみ》の毛《け》はあんなに薄《うす》いのに、足の毛はもじゃもじゃなんだよ」モニカがいう。

タマヤはなんとか笑顔《えがお》を見せようとした。

マーシャルはタマヤが友だちといっしょに校舎《こうしゃ》にはいるのを見とどけてほっとしていた。チャドの姿《すがた》はどこにもない。もし、チャドがタマヤに襲《おそ》いかかったら、自分はどうするのか自信がなかった。なんとかタマヤを守ろうとする自分を思《おも》い浮《う》かべてはみるものの、実際《じっさい》にはきっと無理だろう。

マーシャルは校舎《こうしゃ》の玄関《げんかん》にたどりついた。七年生の教室は地下にある。かつては使用人の生活スペースだったところで、学園のだれもが地下牢《ダンジョン》と呼《よ》んでいる。

マーシャルにとってはまさにダンジョンだった。足をひきずるように階段《かいだん》をおりる。どんなおそろしくてみじめな運命が待ちかまえているのだろう、と思いながら。

13 災害《さいがい》の警告《けいこく》

上院議会の非公開聴聞会《ひこうかいちょうもんかい》より抜粋《ばっすい》。

アリス・メイフェア教授《きょうじゅ》：わたしが生まれた一九七五年には、世界の人口はおよそ四十億人でした。百年前には二十億人もいなかったようです。ところが、いまこうしてみなさんにお話をしているきょうこの日、七十億人以上になっています。

フット上院議員：バイオリーンとどんな関係が？

アリス・メイフェア教授《きょうじゅ》：たった一日で、三十万人の新しい命が生まれています。毎日毎日です。そのだれもが食べ物と水とエネルギーを必要としているんです。

フット上院議員：それこそ、バイオリーンが求められる理由ですね。

ライト上院議員：失礼ですが教授《きょうじゅ》、あなたは人工的な有機物が環境《かんきょう》に解《と》き放《はな》たれた際《さい》に起こり得《う》る災難《さいなん》について、証言《しょうげん》されるんですよね？　なにやら、バイオリーンを好意的にとらえているようにきこえるんですが。

アリス・メイフェア教授《きょうじゅ》：ええ、災難《さいなん》は起こるでしょうね。バイオリーンが原因《げんいん》かどうかは、だれにもわかりませんけどね。二〇五〇年にはこの地球上に、さらに二十億人ふえているといわれています。九十億人ですよ！

フット上院議員：そう、バイオリーンが求められる理由です。

アリス・メイフェア教授《きょうじゅ》：どうにかして、人口をコントロールしない限《かぎ》り、わたしたちを救ってくれるものなんてないでしょう。バイオリーンも超特大《ちょうとくだい》穀物《こくもつ》や肥料《ひりょう》も、火星の植民地だって。

ライト上院議員：それはつまり、われわれに赤《あか》ん坊《ぼう》の誕生《たんじょう》をおさえろといいたいんですか？　地球上のすべての国で。

アリス・メイフェア教授《きょうじゅ》： その通りです。

マーチ上院議員：（笑）残念ながら、それはこの委員会の権限《けんげん》をはるかにこえていますね。

14 11月3日（水）9:40 AM

フィルバート先生のクラスでは、月水金にレポートの提出《ていしゅつ》が求められる。なんでも好きなことを書いていいときもあるが、たいていは課題がある。

タマヤは課題がある方が好きだった。世界じゅうにあるすべてのことのなかから好きなことを選ぶ方が、よっぽどむずかしいと思う。

ところが、生徒のほとんどだれもが、課題をきかせられたとたん、うめいたりうなったりする。どんな課題のときでもおんなじだ。ただ、文句《もんく》をいいたいだけなのかもしれない。

きょうもフィルバート先生はホワイトボードに課題を書いて、大きな声で読み上げた。

「風船のふくらませ方」

14　11月3日（水）9:40 AM

いつものうめき声やうなり声に加えて、「ハ？」とか「なにそれ？」という声があちこちからきこえた。タマヤのまわりでたくさん手が上がる。

「よくわかりません」ジェイソンが手を上げずに大声でいった。「口にくわえて、息をふきこむだけじゃん」

「へえ、こんな風に？」先生がいう。

先生は赤い風船を全部口のなかにおしこんだ。タマヤは目を見ひらいて見つめた。先生はつぎに大きく息を吸《す》ってから息を吐《は》きだす。風船は口から飛びだして床《ゆか》に落ちた。

みんな大笑いだ。タマヤも笑った。タマヤはとなりの席のホープにほほえみかけ、遠くはなれた席のモニカの方を見た。モニカもタマヤの方を見ていて、ふたりでおどろきをわかちあった。

先生はポリポリと頭をかいている。なにがなんだかわからないと困《こま》り切《き》ったように。そしていった。「うまくいかないんだけど」

「ちがうよ。口のなかに全部いれちゃだめだよ」ジェイソンがまた手を上げずにいった。

「はじっこだけ」

フィルバート先生はなるほど、というように自分のおでこをぴしゃっとたたいた。「なんだ、最初からいってよ」

先生は別の風船を手にとって、はじっこを口にいれた。でも反対側だ。

「逆《ぎゃく》、逆《ぎゃく》！」モニカが叫《さけ》んだ。

フィルバート先生は風船をくるっと半回転させた。

「そこで吹《ふ》いて」とモニカ。

先生はまたしても風船を床《ゆか》に吐《は》きだした。

タマヤのまわりのだれもが、口々に指示《しじ》を叫《さけ》ぶ。先生になんとかまちがいを伝えようとして。ほかの生徒に、いま目にしたことを話している子もいる。きかされる方だって、いっしょに見ていたというのに。

フィルバート先生は手を上げて、みんながしずまるのを待った。

「さあ、さあ、口でいうんじゃなくて、書いてちょうだいね。これまで、一度も風船を見たことのない人に読ませるつもりで書くのよ。しかも、その人はあんまり賢《かしこ》くないの」

先生は自分の頭をこつこつたたきながらいった。まるで、空洞《くうどう》がないか調べているみたいに。

タマヤは笑った。頭のなかではすでに風船のふくらませ方の手順を組み立てはじめている。

「できるだけわかりやすく、くわしく書いてちょうだいね」先生がつづける。「あとで発

14　11月3日（水）9:40 AM

表してもらいますから。わたしがその通りにやってみて、風船がいくつふくらむか見てみましょう」

またしてもうめき声、うなり声があがる。でも、タマヤはやる気満々だった。さっそく、鉛筆《えんぴつ》を手にとり、しばらく考えてから書きはじめた。

〈まずはしぼんだ風船を用意します。あなたはいまからその風船を、あなたの肺《はい》からだす空気で満たします〉

ほかの生徒たちは、まだ先生が吐《は》きだした風船の余韻《よいん》でざわめいていた。通路をはさんだとなりの席から、ホープがタマヤの肩《かた》をとんとんとたたいた。

「そのセーター、どうしたの？」そう小さくささやく。

タマヤの気持ちは沈《しず》んだ。だれにも気づかれずにすむかと思っていた。

「なんのこと？」タマヤはささやき返した。

「びりびりじゃない」

タマヤは肩《かた》をすくめた。

「別にいいじゃん」ホープが思っているようないい子ちゃんじゃないと証明《しょうめい》するようにいった。

タマヤはレポートに意識《いしき》をもどした。書き終えた部分を読み直し、さらにつけ加える。

〈穴《あな》のあいたところを見つけてください〉

いいや、これじゃだめだ。風船に穴《あな》は禁物《きんもつ》だ！　フィルバート先生なら、きっと風船にピンで穴《あな》をあけるだろう！

風船のあの吹《ふ》き口のことを、どう書けばいいだろう？　丸っこいこぶ？

消しゴムで消そうとしたら、紙に灰色《はいいろ》の汚《きたな》いあとがついてしまった。タマヤのノートはいつもきれいできちんとしている。字もとてもうまい。タマヤはさらに消しゴムをかけた。ただ、ページを破《やぶ》かないように気をつけながらだ。

灰色《はいいろ》の汚《よご》れの上に、ぽつんと赤いものが落ちた。

最初は、ノートがさらに汚《よご》れてしまったことに気をとられた。でも、自分の右手を見てショックにおののいた。右手は水ぶくれと血でおおわれていた。

鉛筆《えんぴつ》がぽろりと手から落ちた。ノートの上でころがった鉛筆《えんぴつ》のあとには、赤い筋《すじ》がついた。鉛筆《えんぴつ》はさらにころがって床《ゆか》に落ちた。

「フィルバート先生！」ホープが叫《さけ》んだ。「タマヤが血だらけです！」

$$2\times256=512$$
$$2\times512=1{,}024$$

15 ダンジョンで

マーシャルが教室にはいり、自分の席まで歩くあいだも、チャドの姿《すがた》はどこにも見えなかった。それでも、ほっとしたのもつかのま、逆《ぎゃく》に不安が増《ま》してくる。ドアがあく音がするたび、マーシャルはそちらに目をむけた。チャドはいつ意気揚々《いきようよう》とやってくるかわからない。そして、きのう森で起こったことを、いいふらすにちがいない。マーシャルは五年生のチビの女の子に守ってもらったんだと。

授業《じゅぎょう》がはじまっても、チャドはまだあらわれなかった。マーシャルの不安はつのるばかりだ。朝礼のあいだ、マーシャルはずっと貧乏《びんぼう》ゆすりをしていた。ある意味、マーシャルはチャドにさっさとやってきてほしかった。早いところいいたいことをいわせて、やりたいことをやらせて終わりにしてしまいたい。待っているあいだこそ最悪だ。

一時限目《じげん》が終わると、マーシャルは精一杯《せいいっぱい》あたりに気を配りながら廊下《ろうか》を進んだ。いつばったりチャドにでくわすか、わかったものじゃないからだ。なんとか数学の教室にたどりつき、チャドの席にだれもいないのを見て、ようやく、ほんのすこしだけほっとした。

数学はマーシャルのいちばん得意な科目だ。後頭部に穴《あな》があくほどチャドに見つめられずにすんだので、数週間ぶりに授業《じゅぎょう》に集中できた。

ブラント先生はホワイトボードに一組の連立方程式《ほうていしき》を書きはじめた。先生が書き終えるのとほぼ同時に、マーシャルの頭のなかでは解答《かいとう》にいたるプロセスが組み立てられていた。

ブラント先生はさらにもう一組、連立方程式《ほうていしき》を書いた。

「だれか答えられるかな?」

チャドがいてもいなくても、マーシャルは手を上げる気にはなれない。

ブラント先生は、マーシャルの表情《ひょうじょう》、目の輝《かがや》きを見て、なにかを感じとったにちがいない。

「マーシャル。やってみるか?」先生はそういった。

名前を呼《よ》ばれてたじろいだが、マーシャルはゆっくり立ち上がった。教室の前まで移動《いどう》するあいだ、いつもの悪意のあるささやき声は、ひとつもきこえなかった。つまずかせようとつきだされる足もない。

ブラント先生からマーカーペンを受けとり、ちょっとのあいだじっくり方程式《ほうていしき》を見直すと、あらたな方程式《ほうていしき》を書いた。先生が書いたふたつの方程式《ほうていしき》の要素《ようそ》を組み合わせたものだ。xとyを数字におきかえようとするマーシャルは自信満々だった。

そのとき、教室のうしろのドアがあいた。ドアの蝶番《ちょうつがい》はほんのわずかにきしんだだけだったが、マーシャルにはすぐにわかった。自信はあっというまに消え去って、ひざがふるえだす。目の前の方程式《ほうていしき》に集中しようとするのに、数字も文字も記号も、なにもかもが意味を失ってしまった。

カツッ、カツッと床《ゆか》をたたくかたい靴音《くつおと》がする。チャドが立てる音じゃない。マーシャルはふりむいた。

学園長のサクストン先生だった。こわばったような深刻《しんこく》な表情《ひょうじょう》で、教室の前まで歩いてくる。

「ブラント先生、授業《じゅぎょう》中もうしわけありません」そういうと、マーシャルに背《せ》をむけ、クラスのみんなにむかって話しはじめた。「みなさんに、お知らせがあります。どうか、落ち着いてきいてください」

マーシャルは自分はどこにいたらいいんだろうと思った。サクストン先生の前を横切って席にもどるのはいやだ。そこで、じりじりとあとずさりして、壁《かべ》の方に移動《いどう》した。

サクストン先生はゆっくり、かんでふくめるように話した。

「みなさんのクラスメート、チャド・ヒリガスが行方《ゆくえ》不明です。きのうの放課後以来、どこにいったのかわかっていません。家には帰らなかったそうです」

サクストン先生は、そこでひと息ついてつづけた。

「どこへいったのか、もしくは、なにがあったのか、心あたりがある人はただちに教えてください」

だれもなにもいわない。

壁際《かべぎわ》に立つマーシャルの頭のなかでは、さまざまな思いが吹《ふ》き荒《あ》れていた。チャドの名前をきいた瞬間《しゅんかん》から、体が麻痺《まひ》したように動かない。自分の頭のなかでドクドクと血が流れる音がきこえるような気がする。

「きのう、学園をでたあとにチャドを見かけた人はいないかな？」ブラント先生がいった。

「なにかきいた人は？」サクストン先生がかさねていう。

マーシャルはなにかいわなくちゃとわかっているのに、そんなことはできそうにないと思った。

ローラ・マスクランツが手を上げた。

15 ダンジョンで

「なんだい、ローラ」とブラント先生。

「わたし、見ました」

「どこで?」

「リッチモンド通りでです」

「あなたとはなにか話したの?」サクストン先生がたずねる。

「いいえ、わたしは母の車に乗ってたから。車のなかから見かけただけなんです。見なかったかっておたずねだったから。それだけです」

マーシャルは自分があそこにいっていたら、ローラはそれに気づいたんだろうかと思った。

「チャドはどっちの方向にむかっていましたか?」サクストン先生がきく。

「学園をでて右にむかったと思います。うちの車は反対方向にいったから、そのあとは見ていません」

「だれかほかに、チャドを見たか、話したかした人はいませんか?」

サクストン先生がふたたびたずねる。

「放課後でもいいし、その前でもいいんです。放課後どこかにいく予定があるってきいていませんか?」

コーディが、手を上げて、すぐに下げた。でもブラント先生は気づいた。

「コーディ、なにか知ってるのかな?」

「これからやるつもりのことを話してました。でも、あんまり話したくありません」

「チャドはなんていってたんですか?」サクストン先生は強い口調でたずねた。「いまはチャドが怒《おこ》るんじゃないか心配したり、話したくないとかいってる場合じゃないんです」

「わかりました」コーディは肩《かた》をすくめた。「チャドはマーシャルをぶちのめすっていってました」

教室のすみの方からくぐもった笑い声がきこえてきたが、サクストン先生がそちらを見ると、すぐに笑い声はやんだ。

「悪いな」コーディはマーシャルを見ていった。「でも、そういってたんだよ」

そこではじめて、サクストン先生はおどおどと壁際《かべぎわ》に立っているマーシャルに気づいて顔をむけた。

「ねえ、マーシャル、なにか知ってるの?」

マーシャルには肩《かた》をすくめることしかできなかった。体がふるえないようにおさえるので精一杯《せいいっぱい》だ。

「きのう、帰り道でチャドと会ったんですか?」

マーシャルは首を横にふった。

「チャドがあなたをさがしていることは知ってたんですか？」

「いいえ」

「チャドをまったく見かけなかったんですか？」

「ぼくはいつも通り歩いて帰りました。チャドは見てません」

サクストン先生は、長いあいだじっとマーシャルを見つめた。

「チャドがあなたをなぐりたがってたことに、心あたりは？　なにかいさかいがあったとか」

マーシャルはもう一度首をふる。

「チャドはこのところずっとマーシャルをいじめてました」そういったのはアンディだ。

「特に理由もなしに」

「マーシャルはなにもしてないのに」ローラも自発的にいった。「チャドは意地悪なんです」

サクストン先生はさらに長いあいだマーシャルを見つめた。それから、ようやくほかの生徒たちの方にむきなおっていった。

「チャドがしたことや、話したことで、なにか心あたりのある人は、どんなささいなことでもかまいません、ブラント先生かわたしまで知らせてください。ほかのだれかが、チャドについて話していたことでもかまいません。もし、ほかの人にきかれたくないようなことだったら、わたしは学園長室にいます。よく考えて、告げ口になるからとおそれたりしないで。秘密《ひみつ》はかならず守ります」

サクストン先生は教室からでていった。すると、クラスの全員の目がマーシャルにむけられた。

マーシャルはそそくさと席にもどった。未完成のままの方程式《ほうていしき》が、ホワイトボードにのこった。

16 11月3日(水) 10:15 AM

事務員《じむいん》のラザリーさんはコットンボールと消毒液《しょうどくえき》を使って、タマヤの手の血を落とした。

「かいちゃだめだからね」強い口調でいう。

「かいてません」タマヤはいった。

「かけばかくほど、ひどくなるから」ラザリーさんはつづける。「発疹《ほっしん》が広がる原因《げんいん》になるの。それに、皮膚《ひふ》を傷《きず》つけるたびに感染症《かんせんしょう》を起こす可能性《かのうせい》がふえる」

「わたしはかいてないんです」タマヤはくり返した。

タマヤは職員室《しょくいんしつ》の間仕切りのなかにあるプラスチックの椅子《いす》にすわっていた。そこにはプリンターとコーヒーメーカーがある。救急用の薬やなんかはプリンターの横の棚《たな》にあった。

ラザリーさんは一日のほとんどの時間、電話の応対《おうたい》をしたり、パソコンにむかってキーボードをたたいたりしているけれど、病人やけが人がでたときにはその対応《たいおう》にもあたる。「ちょっとはこすったかもしれないけど」タマヤはすこしゆずった。「でも、かゆいわけじゃないんです。チクチクする感じ。冷え切った手を、急にお湯につっこんだときみたいに」

「うーん、そうなんだ」ラザリーさんは棚《たな》から救急箱をおろしながら答えた。でも、ちゃんときいていないいんだろうと思った。

タマヤはラザリーさんが救急箱のふたをあけて、つぎつぎと薬のチューブをとりだしてはラベルを読むようすを見ていた。できればいそいでほしかった。すぐにでも教室にもどって、レポートを書き終えたかったからだ。

ホープやジェイソン、モニカがフィルバート先生を前に風船のふくらませ方を読み上げているところを想像《そうぞう》した。風船が先生の口を飛びだして、空気を吹《ふ》きだしながら教室のなかをぐるぐるまわっているところが目に浮《う》かぶようだ。みんなが笑っている。

こんなの不公平だよ。タマヤは思った。どうしてわたしは、いっつもおもしろいものを見のがしちゃうの？

これまでも、いつだってそうだった。ホープの誕生日《たんじょうび》のリムジンパーティには参加できなかった。レンタルしたリムジンカーでおこなうパーティだ。フィラデルフィアにいく週末にあったからだ。それに、フィラデルフィアのたったひとりの友だち、ケイティーに、田舎《いなか》でいっしょにすごして乗馬をしようと誘《さそ》われたときには、逆《ぎゃく》にフィラデルフィアにいく週末じゃなかった。

教頭のフランクス先生が間仕切りのなかにはいってきた。

「やあ、タマヤ、気分でも悪いのかい?」

「いいえ、できものができたんです」

「ならよかった。きみには皆勤賞《かいきんしょう》をとってほしいからね」先生はそういってタマヤにウィンクした。

タマヤは自分の顔がほてってきたのに気づいて、なんとか顔が赤くならないようにしようとした。友だちはみんな、フランクス先生は映画《えいが》スターみたいにハンサムだといっている。サマーはフランクス先生の首のうしろにはタトゥーがあるんだといいはっている。いつもネクタイをしめてジャケットを着ているのはそのせいだというわけだ。サマーはどんなタトゥーなのかは知らないけれど、きっとなにか「いかがわしい」ものなんだろうという。もし、サクストン先生に見られたら、クビにされてしまうような。

フランクス先生は前かがみになって、カップにコーヒーをそそいでいる。タマヤはなんとか首のうしろをのぞこうとしてみた。でも、なにも見えない。タトゥーがあるかどうかもあやしいものだ。だいたい、どうしてサマーがそんなことを知っているんだろう？　サクストン先生は知らないというのに。

「手をだしてちょうだい」ラザリーさんがいった。

タマヤはフランクス先生が立ち去るのを待った。見苦しいできものを見られたくなかった。

「母のハンドクリームをぬってみたんです」タマヤはラザリーさんに話した。「でも効《き》かなかったみたい」

「これは効《き》くわよ」ラザリーさんは自信満々だ。

ラザリーさんに薬をぬってもらっているあいだ、タマヤはさかさまのチューブのラベルを読んだ。ヒドロコルチゾン一％とある。タマヤはそこにそえられている「超強力《ちょうきょうりょく》」ということばを見のがさなかった。

「なにか、ペットを飼《か》ってる？」ラザリーさんがたずねる。

「クーパーがいます。犬です」

「犬アレルギーってことはない？」

「いいえ！」

16　11月3日(水)　10:15 AM

思わず力がはいってしまった。もしそうなら、とんでもないことだ。父親のところへいく最大の理由がクーパーだといってもいいのに。クーパーとはベッドでいっしょに寝《ね》るし、朝はしょっちゅう顔をなめられて目覚める。

「最近、クーパーになにか問題はなかった？　ノミやダニ、疥癬《かいせん》だとか」

「いいえ、ないと思います」

ラザリーさんは不思議そうな顔をした。「いっしょに暮《く》らしてるんじゃないの？」

そこでタマヤはクーパーに会うのは月に一度の週末だけなんだと説明した。

ラザリーさんは、いらいらしているようだ。

「ねえ、タマヤ、わたしはあなたの発疹《ほっしん》の原因《げんいん》をなんとかつきとめようと思ってるの。クーパーがそばにいないんなら、原因《げんいん》のはずないじゃない」

「ごめんなさい」タマヤはあやまった。バカなことをいってしまった。

家がふたつあることで、ときどき混乱《こんらん》してしまう。まるで、ぜんぜんちがう生活がふたつあるみたいで。半分ずつのふたつの生活だ。それに、そのふたつを足しても、完全なひとつの生活にはならない。いつもなにかがこぼれ落ちているような気がする。

ラザリーさんは、タマヤの手をガーゼでおおった。

「最近、なにか原因《げんいん》になるようなものにさわった心あたりはない？　たとえば、洗剤《せんざい》だとか」

あのおかしな泥《どろ》のことを話すべきかどうか迷《まよ》った。マーシャルをトラブルにまきこみたくない。それでも、医者や看護師《かんごし》には真実を明かすことがだいじなのはわかっている。ラザリーさんはパートの事務員兼看護師《かんごし》さんにすぎないとしても。

「えーと、変な感じの泥《どろ》にさわりました」

「ピーナツかピーナツバターは食べてない？」泥《どろ》には関心がないらしい。

タマヤの頭からは、あの泥《どろ》がはなれなかった。なにもかもがあっというまのできごとだったけれど、頭のなかでスローモーションでリプレイしてみる。あのタールのような泥《どろ》をまちがいなく手でひとすくいした。ぼんやりとだが、その泥《どろ》があたたかかったことを思い出した。自分で記憶《きおく》に脚色《きゃくしょく》を加えてしまっているのかどうかは、自信がない。

「最近、ピーナツかピーナツバターを食べてない？」ラザリーさんがくり返す。

タマヤはその質問《しつもん》に意識《いしき》をもどした。

「きのう、ピーナツバターとジャムのサンドイッチを食べました。おとといだったかな？」

「アレルギーかもね。今度お医者さんに診《み》てもらうとき、お母さんにアレルギーテストをしてもらうようにたのんでもらってね。それまでは、ピーナツバター・サンドイッチはがまんするのね」

「ストロベリージャムは、母の手作りなんです」タマヤはいった。「本物のイチゴで作ったジャムです。もしかしたら、イチゴアレルギーなのかも」

「かもね」

「きょうの放課後、病院にいく予定です」

「よかった」

ラザリーさんは指一本一本別々にガーゼでおおい、つぎに手のひらと手首もおおった。

「どんな感じ？」

タマヤは指を動かしてみた。「ミイラになったみたい」タマヤはそう冗談口《じょうだんぐち》をたたいた。

ラザリーさんはにっこり笑った。

「アレルギー用の飲み薬もだしたいんだけど、お母さんの許可《きょか》が必要なの。仕事場に電話してみるね。ランチのあと、もう一回よってちょうだい」

タマヤはまたきますといった。

「それから、忘《わす》れないでね、もうかいちゃだめだから！」

…………

2×1,024=2,048

2×2,048=4,096

17 11月3日（水） 10:45 AM

タマヤがフィルバート先生のクラスにもどってきたときには、もう算数の授業《じゅぎょう》がはじまっていた。掲示板《けいじばん》に、ふくらんだ風船がふたつはりつけられている。あとできいたところ、それはたったふたりだけ成功した生徒の風船だった。サムとラショーナだ。しかも、ホープによれば、どちらもフィルバート先生がすこしばかり、「おまけして」うまくいったようだ。

午前中ずっと、タマヤはその風船をちらりと見やっては、がっかりしていた。きっと自分の風船もあそこにあったはずなのに。それも先生の「おまけ」なしで。

タマヤは左手でノートをとらなくてはいけなかったが、ものすごくむずかしい。2という数字を書こうとするだけでもひと苦労した。

「で、その手、なにが悪かったの？」ホープがたずねた。

「ピーナツバターを食べるなって」タマヤはささやいた。

「ピーナツバターのせいで、手が血だらけになったの？」

タマヤは、さあねというように肩《かた》をすくめた。それ以上、話したくない。たとえ相手がホープでも。でも、タマヤは自分の手のできものが、ピーナツやピーナツバターのせいじゃないと確信《かくしん》していた。

まちがいなく、あのおかしな泥《どろ》のせいだ。


…………

2×4,096＝8,192
2×8,192＝16,384

ウッドリッジ・アカデミーでは、ランチをいれるのにビニール袋《ぶくろ》の使用は認《みと》められていない。環境《かんきょう》に悪いからだ。そこで、タマヤもほかの友だちも、ランチのサンドイッチやフルーツは、布袋《ぬのぶくろ》にいれてもってきていた。

モニカの袋《ふくろ》は黒地にラインストーンでピースマークがついている。ホープの袋《ふくろ》も黒地で、赤いハートマークが。タマヤのはシンプルな白い布袋《ぬのぶくろ》だ。何度も洗濯機《せんたくき》と乾燥機《かんそうき》にかけら

17　11月3日（水）10:45 AM

れて、縁《ふち》はほころびている。

タマヤたちはランチルームにむかって階段《かいだん》をおりていた。

「もし、あいつらに、なんで手に包帯をまいてるんだってきかれても、できものだなんていっちゃだめだよ」ホープがいった。

タマヤには「あいつら」というのがだれのことだかわからなかった。きっと、ただほかの子たちという意味なんだろうと思った。

「できものなんて、キモイもんね」モニカがいう。

「鉛筆《えんぴつ》をつきさしたっていいなよ！」ホープがいった。

「それもキモイよ」タマヤはいった。

「でも、おなじキモイでも男子が好きそうじゃん」とモニカ。

タマヤには、まだだれのことをいっているのかわからなかった。

別のクラスのサマーがランチルームの入り口で待っていた。

「どうしたの、それ？」サマーはタマヤの手を見ていった。

「鉛筆《えんぴつ》をつきさしちゃったんだよ」タマヤが答える前にモニカがいった。

サマーは不思議そうな顔をした。「なんでまた？」

「なんででも」ホープがいう。

「ほんとはちがうんだ」タマヤはこっそりいった。

四人はランチルームにはいっていった。

「あいつらには気づかないようなふりするんだよ」

モニカは前日すわっていたテーブルにむかって進みながらいった。年上の男子たちはすでにすわっていた。高学年のランチタイムは中学年より十四分早くはじまる。

タマヤはそのグループにチャドがいないのを見て、ほっとした。どこにいるんだろうと不思議に思って、見まわすと、マーシャルもいない。なにかいやなことが起こっていなければいいんだけど、と思った。

「見ちゃだめだよ！」モニカが鋭《するど》くささやく。

「いつもの席にすわるだけなんだから」サマーもいう。

「もし、きのうの上級生たちがいたら、それはただの偶然《ぐうぜん》なんだから」そういったのはホープだ。

タマヤは下唇《したくちびる》をかんだ。ほかの三人は、いつまたあの男子たちのとなりにすわろうと決めたんだろう？　それとも話しあったりはしなかったんだろうか？　そうするのが、あたりまえのことなんだろうか？

みんなはベンチをまたいですわった。男子の方にちらっと目をやりもしないで。タマヤ

17　11月3日（水）10：45 AM

は視線《しせん》を落としたままだ。

「それ、どうしたの？」男子のひとりがたずねた。

サマーは、はじめて気づいたというようにそちらに目をむけた。

「なんだ、いたんだ」

「タマヤはね、自分で鉛筆《えんぴつ》をつきさしたんだ」モニカはそういって、男の子たちにほほえんだ。

「すげえ」

「反対側につき抜《ぬ》けたんだよ！」ホープがいう。「グサッ！　ってね！」

タマヤはランチの中身に目を落としたまま、顔を上げなかった。みんなが自分を見つめているのはわかった。できることなら、ランチの袋《ふくろ》にはいってしまいたい。

「痛《いた》かったろ？」となりにすわっていた子がたずねた。

ランチに集中するタマヤの心臓《しんぞう》の鼓動《こどう》が速くなった。ランチはサンドイッチと紙パックのジュース、携帯食《けいたいしょく》のグラノーラバーとタッパーにはいったカットしたフルーツだ。

「痛《いた》いに決まってるでしょ」サマーがいった。「あたりまえじゃん」

となりの席の子が、タマヤの反対側のひじの上あたりにふれながらいった。「なんで？」

タマヤは勇気をふりしぼって顔を上げ、その子に顔をむけた。

「別に」タマヤは答えた。

その子は、タマヤを見つめつづけている。ものすごく感動しているみたいだ。

タマヤはほほえんだ。

すくなくとも、これでもう、だれもタマヤのことを「いい子ちゃん」だとは思わないだろう。

「それでさ、チャドのことはきいた？」男子のひとりがそうたずねた。

タマヤは千ボルトの電気に感電したみたいにビクッとした。

「チャドがどうしたの？」タマヤはたずねた。

「行方《ゆくえ》不明なんだよ」となりの席の子がいった。

「きのうの放課後からずっとな」別の子がいう。「家に帰ってないんだ」

ほかの男子も同時に話しだす。

「警察《けいさつ》がさがしてる」

「どこかの留置場《りゅうちじょう》にいるんじゃないか」

「これまでも盗《ぬす》んでるしな。車十台とか」

タマヤの頭がくらくらした。もう一度、マーシャルをさがしてランチルームを見まわす。

「もし、留置場《りゅうちじょう》にいるんなら、警察《けいさつ》には居場所《いばしょ》がわかってるはずなんじゃない？」ホープ

17 11月3日(水) 10:45 AM

がいった。

「でたらめの名前をいってなければな」

タマヤのなかに恐怖《きょうふ》が舞《ま》いもどってきた。以前よりずっと強く。できものや破《やぶ》れたセーターどころじゃない。母親にうそをついたことや、チャドにぶちのめされることよりもずっとずっとおそろしい。

なにかおそろしいことが起こる予感がしていたのは、これだったんだ。

タマヤは立ち上がった。でも、立ちくらみがして、思わずテーブルのはしをつかんだ。

「だいじょうぶ?」サマーがいう。

ランチの袋《ふくろ》を手にとると、ベンチに足がかかってたおれそうになりながらテーブルをはなれる。マーシャルを見つけなきゃ!

「どこにいくの?」モニカがたずねた。

ランチルームを歩きまわりながら、必死でマーシャルをさがしていると、別のグループの子たちがチャドのことを話しているのがきこえた。

「校舎《こうしゃ》の屋上にのぼって、おりられなくなったんだってよ」

「暴走族《ぼうそうぞく》に合流してメキシコにいったらしいよ」

「けんかして、ナイフでさされて、どっかの病院にいるって。記憶喪失《きおくそうしつ》で自分の名前もわからないらしいね」

だれもかれもが、適当《てきとう》なことをいっている。それも自業自得《じごうじとく》ということだ。チャドは悪いやつで、悪いやつは悪いことをして、ひどい目にあってとうぜんというわけだ。

ほんとうに責《せ》められるべきなのは優等生《ゆうとうせい》の自分なのに、疑《うたが》うものはだれひとりいない。皆勤賞《かいきんしょう》のいい子ちゃんは、生まれてはじめておそろしいことをしてしまった！

タマヤは廊下《ろうか》を進んで外に通じるドアをおしあけた。冷たい空気がむかえてくれた。タマヤは大きく息を吸《す》いながら、サッカー場からその先の森へと目をやった。

チャドはあのどこかにいる。まちがいない。

タマヤとマーシャルがどうしてあんなにたやすくチャドから逃《に》げられたのか？　それは、タマヤがあの不気味な泥《どろ》をチャドの顔にぶちまけたからだ。心の奥底《おくそこ》では、ずっとわかっていた。

タマヤは右手の包帯を見つめた。その下には、できものだけではなく、罪《つみ》もかくされている。自分の手になにが起こったのかよくわからないけど、チャドの顔はこの十倍もひどいことになっているだろう。

マーシャルがいた。ほかの男子とバスケットボールをしている。だれかを見てこれほど安心したことは、これまで一度だってなかった。

17　11月3日(水) 10:45 AM

「マーシャル！」タマヤは叫《さけ》びながら走りだした。近づきながら、さらに二回名前を呼《よ》んだ。

マーシャルはコートに近づくタマヤをちらっと見たが、ゲームをつづけている。

「話があるの！」

マーシャルは無視《むし》している。

男の子たちはコートを走りまわっている。シュートしたボールがリングにあたってはじかれた。男の子たちはいっせいに反対の方向に走りだす。

「ねえ、お願い！」タマヤは叫《さけ》ぶ。

マーシャルが、学校で自分に話しかけられるのをいやがっているのはわかっている。まるでバイキンあつかいだ。でも、いまはそんなことを気にしている場合じゃない。この二日、タマヤはほかの上級生の男子といっしょにランチを食べていた。だれも気にしていなかったんだから、マーシャルだってなにをいまさら。「バイキン」といっしょだからとバカにする人なんかいないはずだ。

「だいじなことなの！」タマヤは呼《よ》びかける。

だれかがマーシャルにボールをパスした。ボールをつかんだマーシャルは、ちらっとタマヤを見ると、二度ドリブルして、別の子にパスした。

男の子たちはみんなシャツ姿《すがた》だ。タマヤは丸めておいてあるブルーのセーターをまたぎながら、マーシャルの視線《しせん》をとらえようと見つめたまま、サイドライン沿《ぞ》いにいったりきたりした。マーシャルはタマヤを見ようとしない。

しかたなく、タマヤは包帯をした自分の手を見つめながら思った。もしかしたら、ほんとうに「バイキン」がいるのかもしれない。

バックボードの角にあたったボールが、タマヤの方に飛んできた。タマヤはボールを追いかけて、三度目のバウンドでつかまえた。

男の子が近づいてきて、さあ、わたせよ、というように手をつきだした。

「マーシャルに話があるの」

「いいから、ボールをわたせよ」その子はいった。

タマヤはボールを両手でがっしりかかえこんだ。

「おい、なんだってんだよ」

マーシャルが近づいてきていった。「バカなまねはやめろ」

「チャドが行方《ゆくえ》不明なの」そう声にだしていったとたん、マーシャルもとっくに知っているんだろうと気づいた。

「だから？」マーシャルがいう。

17 11月3日(水) 10:45 AM

マーシャルはボールに手をかけた。タマヤは一瞬《いっしゅん》、腕《うで》に力をこめたが、すぐにゆるめてボールをわたした。

タマヤはコートのわきで、ゲームが終わるのを待った。そのあいだ、知らず知らずのうちに目が森にむいてしまう。高学年のランチタイムは中学年より十四分早く終わる。ようやくベルが鳴ったとき、タマヤはすこしさがってセーターをとりにきた男の子たちをやりすごし、それからゆっくりマーシャルに近づいた。

「なんだよ?」マーシャルがきつい調子でいう。

「チャドを最後に見たのは、わたしたちなんだよ。だれかに知らせるべきだと思う」

ほかの子たちは校舎《こうしゃ》にむかって歩きはじめた。

「それはだめだ」マーシャルはきっぱりといった。

「だれにもいうな、ぜったいに。いいか、おれはあいつになぐられたんだぞ。おれはなぐってない。どっちみち、おれたちには関係ないよ。家出かなんかだろ」

タマヤは包帯がまかれた手を前にだした。「この手を見てよ!」

「ああ、もうきいたよ。医者につれていってもらうんだろ」

「いいから、見て!」タマヤは金切り声でそういいながら、包帯をほどき、ガーゼをとめている紙テープをひきちぎる。

ガーゼをはがすと、粉のようなものが舞《ま》い散《ち》った。朝、ベッドに散っていたのとおなじものだ。

マーシャルはじっと見つめた。タマヤ本人もショックを受けた。ラザリーさんに処置《しょち》してもらったときにくらべて、明らかに悪化している。大きな水ぶくれや出血している個所《かしょ》、かさぶたなどが、指先から手首まで、全体に広がっている。それだけではなく、小さなできものが手首とひじのあいだぐらいまではい上がっていた。

「これはちょっと、……ひどいな」マーシャルがいった。

「あの森の泥《どろ》のせいだと思う」タマヤはいう。「きっと危険《きけん》なものなんだよ。わたし、この手で泥《どろ》をすくって、チャドの顔に投げつけたの」

あやうく泣きだすところだったが、なんとかがまんしてつづけた。「チャドの顔にだよ！」

「それで？」

「どうしてあのとき、あいつは追いかけてこなかったと思う？　チャドはまだあそこにいるんだよ。わたしのせいなんだよ！」

「そうと決まったわけじゃないよな」マーシャルがいった。

「サクストン先生に話さなきゃ」

「だめだって！　サクストン先生には、きのう、チャドは見てないっていっちゃったんだ。

17 11月3日(水) 10:45 AM

おまえはなにを話すつもりなんだ？　わたしたちはいっしょに家に帰りました。それでわたしはチャドを見たけど、マーシャルは見てません、ってか？　考えてもみろよ。『おっと、いま思い出しました。きのう、チャドを見てました。森でボコボコにされたんだった。すっかり忘《わす》れてましたよ』そんなこといえるか？」

「でも、だれかに伝えなきゃ」

「ただの泥《どろ》だろ。それに、暴走族《ぼうそうぞく》にいれてもらって、メキシコにむかってるってきいたぞ」

「でたらめだってこと、わかってるくせに」

「わかってることなんか、なにもないよ。おまえだってな」

マーシャルはタマヤに背《せ》をむけた。タマヤは校舎《こうしゃ》にむかって歩くマーシャルの背中《せなか》を見つめた。マーシャルは一度もふり返らなかった。


その十四分後、教室にもどる合図のベルが鳴ったとき、タマヤはまだバスケットコートのそばにいた。どうしたらいいのかわからなかった。マーシャルをやっかいごとにまきこみたくない。だけど、だれかがどうにかしなくちゃいけない！　まわりの生徒たちがみんな校舎《こうしゃ》にむかって動きだすなか、タマヤはじっとその場に立ちつづけた。

もう一度、森の奥《おく》に目をこらす。タマヤはサッカー場にむかって一歩足をだした。それからもう一歩。

最初はゆっくりと、だが、一歩進むごとに足並《あしな》みは速くなる。フィルバート先生のこともサクストン先生のことも考えないようにした。タマヤは走りだしていた。

ランチのはいった袋《ふくろ》が、手の先でゆれている。食べなくてよかったと思った。チャドはお腹《なか》をすかせているにちがいない。

……………

$2\times16{,}384=32{,}768$

$2\times32{,}768=65{,}536$

18 11月3日(水) 1:00 PM

マーシャルが前回、友だちとバスケットボールをしたのは、一か月以上前のことだった。ひとりの友だちもいなかった一か月。なのに、たった一日で元通りになった。チャドがいないというだけで。

「マーシャルはなにもしてないのに」ローラ・マスクランツはいった。「チャドは意地悪なんです」

あのことばは、これまできいたなかでいちばん心地《ここち》よいものだったかもしれない。

それでも、デービソン先生の授業《じゅぎょう》で、無人のチャドの席から三つはなれた席にすわるとき、タマヤの気味の悪い手のようすが頭からはなれなかった。血だらけのガーゼの切《き》れ端《はし》が、水ぶくれのあるタマヤの手からぶら下がっていた。タマヤの目も忘《わす》れられない。正しいことをしてと、祈《いの》るような目だった。

なんだよ、せっかくなにもかもうまくいきかけてるってときに。マーシャルはそう思った。女子っていうのはどうしていつも、なにもかもぶちこわしにしようとするんだ?

マーシャルはほんとうはどうするのが正しいことなのかわかっている。サクストン先生が教室にはいってきて、みんなにチャドが行方《ゆくえ》不明だといったときからわかっていた。

なのに、あのとき正直にいわなかったたったひとつの理由は、タマヤをやっかいごとにまきこみたくなかったからだ。マーシャルはそう自分にいいきかせた。だまっているのはタマヤのためだ。

しかし、心の奥底《おくそこ》では、それがうそだとわかっている。だまっている理由はこわいからだ。こわくて恥《は》ずかしいからだ。

でも、いまとなってはそれどころではない。タマヤがだれかに告げにいくのは時間の問題だ。担任《たんにん》のフィルバート先生かサクストン先生か。

教室に設置《せっち》された電話が鳴りだした。その音はマーシャルの骨《ほね》の髄《ずい》まで響《ひび》くような気がする。受話器にむかって話しているデービソン先生のようすを見ながら、マーシャルは先生の表情《ひょうじょう》を読《よ》み解《と》こうとした。マーシャルの足は、机《つくえ》の下でふるえた。

デービソン先生が受話器をおいた瞬間《しゅんかん》、マーシャルはあわてて視線《しせん》を落とした。ひらかれた教科書に集中しているかのように。

「マーシャル、サクストン先生が学園長室まできてほしいとおっしゃってる」

予想していたことではあったが、それをきいてショックだった。机《つくえ》をおして椅子《いす》をさげると、椅子《いす》がきしんだ。マーシャルは立ち上がって教室をでた。必死でなんでもないふりをする。

マーシャルは階段《かいだん》をのぼりはじめた。もう、なにがなんだかわからない。チャドにぶちのめされた自分が、やっかいごとにまきこまれるなんて！

だれもかれもが、「あわれな」チャドの心配をしている。「チャドはどこ？」「おまえは見たか？」「話してないの？」「なんていってた？」

チャドが行方《ゆくえ》不明だって？　最高じゃないか！　あいつはいなくなったんだ。いなくなってせいせいするよ！

こんなことを考えるのはいけないことだろうか？

マーシャルは階段《かいだん》をのぼりきった。学園長室は右手だが、マーシャルの目は反対側の廊《ろう》下《か》の先にある窓《まど》付きのドアにひきつけられた。その窓《まど》から太陽の光がさしこんでいる。

マーシャルはそのドアをずいぶん長いあいだ見つめていた。そろそろ、だれかが「あわれな」マーシャルのことを心配しはじめるころかもしれない。マーシャルはそう思った。

さらにもうしばらく見つめていたが、ついに身をひるがえして学園長室にむかった。タマヤのいう通りだ。そろそろほんとうのことを話す時間だ。

ラザリーさんがマーシャルに背《せ》をむけて、前かがみでファイリングキャビネットにフォルダーをしまっていた。

「サクストン先生に呼《よ》ばれてきました」マーシャルはいった。

ラザリーさんは腰《こし》をのばして「あら、マーシャル。きてくれて助かったわ」

マーシャルには意味がわからなかった。ラザリーさんはマーシャルを学園長室に導《みちび》いた。

学園長室のドアはあいていた。サクストン先生はデスクの椅子《いす》にすわって、窓《まど》の外をながめている。

マーシャルは部屋にはいると咳《せき》ばらいをした。「お呼《よ》びでしょうか?」

サクストン先生がふりむいた。「タマヤがどこにいるか知りませんか?」

そんな質問《しつもん》をされるとは思ってもみなかった。一瞬《いっしゅん》、なにかの罠《わな》じゃないかと思った。

サクストン先生の顔がふるえている。「どう?」

「フィルバート先生の教室じゃないんですか?」

「いないのよ。ランチのあと、もどってこなかったの。あなたたちふたりは、よくいっしよにいるから」

「よく、ってわけじゃありません。いっしょに歩いて通学してるだけです。近所に住んでるし、タマヤのお母さんがひとりでは通わせたがらないから」

そう話しながら、頭のなかではいったいなにが起こっているのか必死で考えていた。

「いちばんの友だちはモニカです。モニカなら知ってるかも」

「モニカとも話したの。タマヤはなにもいわずにランチルームから急にでていって、そのままもどらなかったんですって。マーシャルはどこでランチを?」

「外です。バスケットボールをしてました」

「タマヤを見なかった?」

「えーっと、そういえば、コートのそばで見かけたような気がします」

「なにか話してなかった?」

「思い出しました。ボールがはねてタマヤの方にころがったんです。それで、ぼくが近づいてボールを受けとりました」

「早退《そうたい》するとはいってませんでしたか?」

「ええ、朝には放課後お母さんにむかえにきてもらって、病院にいくっていってました。なんだか、ひどいできものができたみたいで。お母さんが早めにむかえにきたんじゃないんですか？」

「お母さんにはラザリーさんからメッセージをいれてもらってます。返事を待ってるところなの」

「タマヤはルールをきちんと守る子です」マーシャルはいった。「だれにもなにもいわないで、ぷいといなくなったりしませんよ」

「そうね、わたしもそう思う」サクストン先生がいう。「だから、なおさら心配なの」

マーシャルはその先を待った。でも、サクストン先生は長い時間なにもいわなかった。マーシャルに目をむけているのに、見えていないみたいだ。マーシャルがまだそこにいることさえ、忘《わす》れてしまっているようだ。

「もう、もどっていいですよ」サクストン先生はいった。

マーシャルはすぐさま立ち去った。

そのあとすぐに、サクストン先生は全教室のスピーカーを通して、学園を封鎖《ふうさ》しますとアナウンスした。生徒も教師《きょうし》も、教室にとどまらなくてはならない。明かりを消し、ドアをロックした状態《じょうたい》で。だれひとり、校舎《こうしゃ》からの出入りはできない。

ところがそのときには、マーシャルはすでに裏口《うらぐち》から外に抜《ぬ》けでていた。まるで脱獄犯《だつごくはん》のように芝生《しばふ》を走って横切り、がむしゃらにフェンスをよじのぼり、森のなかへと姿《すがた》を消した。

19 11月3日（水） 1:10 PM

なんでもいい、なにか前日に見たものがないかと森のなかを歩きまわるタマヤのまわりで、木の葉が散りつづけていた。しばらくしてようやく、自分が正しい方向にむかっていることがわかった。とはいえ、確信《かくしん》はない。

ふだん、タマヤはとても観察眼《かんさつがん》が鋭《するど》く、細かいことにもよく気づく。しかし、前日はあまりにおびえていたため、なににも集中することができなかった。マーシャルからはなれないことだけに、全神経《ぜんしんけい》をそそいでいた。目にしたもので覚えているのは、あの不気味な泥《どろ》だまりだけだ。あの泥《どろ》が見つかれば、チャドは近くにいるはずだ。

いまタマヤは、進路のなにもかもを記憶《きおく》にとどめようとしていた。木の切《き》り株《かぶ》、ねじれた枝《えだ》、岩の配置。幹《みき》に木の板が何枚《なんまい》か打ちこまれた木があった。チャドを見つけたら、ち

19 11月3日（水）1:10 PM

やんと元にもどるために、目にしたなにもかもを覚えておきたい。タマヤはしょっちゅう立ち止まった。そして、まわりを見わたし、たどってきた道筋《みちすじ》を頭にたたきこむ。

「チャード！」タマヤは叫《さけ》んだ。

もともと、タマヤの声は大きくもないし力強くもない。フィルバート先生はいつもタマヤに、声を前にむかっておしだすように指導《しどう》していた。

「ねえ、タマヤ、あなたはすばらしいアイディアをたくさんもってるんだから、もっと自信をもって話さなくちゃ」

教室でタマヤが発表するたび、よくきこえないとあちこちから不満の声があがった。校庭でモニカやホープに呼《よ》びかけても、その声はとどかない。ドッジボールのコートのむこう側にいるときでさえそうだった。

タマヤはもう一度叫《さけ》んだ。今度はさらに力をこめる。

「チャー――ド！」

力をこめたせいで声が割《わ》れてしまった。

樹皮《じゅひ》が白く、枯《か》れた葉が枝《えだ》に数枚《すうまい》だけのこっている木を見つけた。枝《えだ》の一本は、学園の方向を示《しめ》しているように見える。その木をしっかり覚える。

その木のすこし先に、黒っぽい泥《どろ》におおわれた場所があった。泥《どろ》の表面には何層《なんそう》にもなった泡《あわ》が浮《う》いている。見るからに不気味だ。

タマヤはゆっくりそちらにむかった。

前日見たあの泥《どろ》だまりではないようだ。あれはたしか、丘《おか》のそばにあった。このあたりは平らなところだ。

タマヤはランチの袋《ふくろ》を枝《えだ》にひっかけ、泥《どろ》だまりにむかって歩いた。前日見たのとおなじように、泥《どろ》の上には葉っぱが一枚《いちまい》もない。まわりにはたくさん散っているのに。タマヤはその泥《どろ》だまりの縁《ふち》にしゃがんだ。泥《どろ》から立ちのぼる熱を感じる。思わず鳥肌《とりはだ》が立った。とはいえ、このぬくもりは、きっとびくびくしているせいで勝手に思いこんでいるだけなんだろう。

タマヤは手のひらとおなじぐらいの大きさの葉を拾いあげた。葉柄《ようへい》をつまんで葉をゆっくりと泡《あわ》につっこんでみる。そこでひきもどすと、先の半分は完全になくなっていた。タマヤは葉を投《な》げ捨《す》てて立ち上がりながらあとずさりした。

ランチの袋《ふくろ》をとりにいくと、ほんのすこし先におなじような泡立《あわだ》つ泥《どろ》だまりが見えた。その先にも、さらにおなじような泥《どろ》だまりがふたつ。

タマヤは樹皮《じゅひ》の白い、枝《えだ》が学園の方をさしている木のところまでもどった。ひき返すにはおそくない。いそいでもどれば、そんなに大きな問題にはならないだろう。

19　11月3日(水)　1:10 PM

ラザリーさんのところにいって、アレルギーの薬をもらい、包帯をかえてもらおう。そうすれば、ラザリーさんがクラスにおくれた理由をメモに書いてくれる。
だが、タマヤはその木の枝《えだ》がさす学園とは反対側に進んだ。
「チャ――――ド！」大声をあげる。今度は声は割《わ》れなかった。タマヤはさらに森の奥《おく》へと踏《ふ》みこんだ。

…………

2×65,536＝131,072
2×131,072＝262,144

20 三か月後

翌年《よくねん》の二月、タマヤがチャドをさがしに森にもどってから三か月後のことだが、米国上院エネルギー・環境《かんきょう》委員会はあらたな聴聞会《ちょうもんかい》を招集《しょうしゅう》した。この聴聞会《ちょうもんかい》は非公開《ひこうかい》にはされなかった。この時点では、世界じゅうがサンレイ・ファームとバイオリーン、そして、ペンシルベニア州ヒースクリフで起こった災害《さいがい》のことを知っていたからだ。

アメリカ疾病予防《しっぺいよぼう》管理センター（ＣＤＣ）の副長官、ピーター・スマイス博士は、このヒースクリフ事件《じけん》の聴聞会《ちょうもんかい》で以下の証言《しょうげん》をおこなった。

ライト上院議員：あなたはこの微生物《びせいぶつ》を認識《にんしき》していましたか？

ピーター・スマイス博士：いいえ、あの時点では。われわれがもつ、データベースのどれとも適合《てきごう》しませんでした。

ライト上院議員：あなたをふくめ、CDCの職員《しょくいん》に、このようなタイプの湿《しっ》疹《しん》を見たことのある人は？

ピーター・スマイス博士：だれもいません。どのようにあつかっていいかもわかりませんでした。治療法《ちりょうほう》はなかったのです。

ライト上院議員：隔離《かくり》を指示《しじ》したのはそれが理由ですか？

ピーター・スマイス博士：わたしの提案《ていあん》にもとづいて、大統領《だいとうりょう》が発令しました。ヒースクリフおよび、その近隣《きんりん》からは、だれひとりでていくことは許《ゆる》されませんでした。そのなかには、われわれCDCの医師《いし》や科学者もふくまれます。隔離地域《かくりちいき》に足を踏《ふ》みいれたものは、だれひとりもどってはこられなかったのです。何千人もが感染《かんせん》しました。五人はすでに瀕死《ひんし》の状態《じょうたい》でした。森で発見された一名と、そののちに感染《かんせん》した四名です。

フット上院議員：すべて、たったひとりの少女が原因なのですね？

ピーター・スマイス博士：タマヤ・ディルワディが森にはいって一週間後に
は、五百名以上に湿疹の症状があらわれていました。彼女のクラスメートも
大勢ふくまれています。しかし、だからといって、タマヤが原因だと推定す
るのはまちがっています。この微生物はただ単に、まわりの環境を圧倒して
浸出したということです。最初の降雪が観測されるまでに、この微生物はヒ
ースクリフじゅうの芝生や花壇に広がっていたのです。

21 11月3日(水) 1:21 PM

一本の枯《か》れ木《き》が横だおしになっていた。マーシャルがこの倒木《とうぼく》の上に立っていた姿《すがた》がタマヤの頭をかすめた。タマヤはいそいでその木に近づいた。

近づいてみると、その木は記憶《きおく》よりも大きかった。太い枝《えだ》が幹《みき》からまっすぐ上にむけてつっ立っている。まわりにはその木から落ちた小枝《こえだ》がちらばっている。おなじ木なのか自信がなくなった。

いちばん太い枝《えだ》の根元をつかむと、木の皮がはがれた。タマヤは背筋《せすじ》をのばしてまわりを見た。マーシャルがそうしていたように。その木の先で地面は谷底にむかって急にくだっている。谷のむこう側には丘《おか》がふたつ見える。

そのうちのひとつは、チャドをおき去りにした丘《おか》かもしれなかった。タマヤはメガホンのように口のまわりに手をあてて、広大な森にむけて、精一杯《せいいっぱい》声を張《は》りあげた。

「チャ――――ド！」

タマヤは、マーシャルがのぼった岩でごつごつした尾根《おね》が見えないかと、ふたつの丘《おか》に目を走らせた。しかし、見えるのは木また木……。タマヤは倒木《とうぼく》から飛びおりた。

着地したときに左足が泥《どろ》をはねた。

自分の足元を見る前に、なにをしてしまったのかわかった。タマヤは恐怖《きょうふ》におびえながら左足を見た。足首まであの不気味な泥《どろ》に埋《う》もれている。足をひき抜《ぬ》こうとしたが、びくともしない。しっかりと泥《どろ》だまりにつかまっている。靴下《くつした》を通して、なまあたたかい熱が感じられる。

右足は、ぎりぎり泥《どろ》だまりの外にあって安全だ。タマヤは倒木《とうぼく》にむかって右足を大きく踏《ふ》みだすと、幹《みき》から生えている細い枯《か》れ枝《えだ》をつかんだ。ざらざらした表面が水ぶくれを切りさいたが、タマヤは力いっぱいひっぱった。

左足が自由になったのと、枝《えだ》が折れたのとは同時だった。タマヤは泥《どろ》のなかにうしろむきにたおれそうになったが、なんとか体勢《たいせい》を立て直して体をそらし、乾《かわ》いた落ち葉におおわれた地面に踏《ふ》みとどまった。

タマヤはスニーカーをぬぎ捨《す》て、泥《どろ》まみれの靴下《くつした》もぬいだ。つぎに、手の指についた泥《どろ》をセーターとスカートでぬぐい落とす。

さらにセーターをぬぐと、そのセーターで左足の泥《どろ》をできるかぎりぬぐった。足の指のあいだも何度もぬぐう。泥《どろ》がまったく見えなくなっても、タマヤはセーターでこすりつづけた。目に見えないもののほうがおそろしかった。

タマヤは泥《どろ》だらけになったセーターを倒木《とうぼく》の上においた。ランチ袋《ぶくろ》を手に、片足《かたあし》にだけ靴《くつ》をはいた状態《じょうたい》で、タマヤは谷にむかって斜面《しゃめん》をおりた。

「チャ――ド！」

…………

2×262,144＝524,288

2×524,288＝1,048,576

22 11月3日（水） 1:45 PM

毎年、新学年がはじまる際《さい》、ウッドリッジ・アカデミーの生徒全員の保護者《ほごしゃ》は、さまざまな書類の提出《ていしゅつ》を求められる。そのなかには、数種類の電話番号と緊急《きんきゅう》時の連絡《れんらく》に関する情報《じょうほう》もふくまれている。

いま、それらの番号に、学年順、アルファベット順にかたっぱしから電話がかけられていた。学園長室にいるサクストン先生には、フランクス先生とラザリーさんがつぎつぎと電話をかけるようすがきこえていた。

「事件《じけん》が発生しまして……」

「お宅《たく》のお子さんは無事です。わたくしどもはただ、細心の注意をはらっておりますものですから……」

22　11月3日（水）1:45 PM

「いいえ、娘《むすめ》さんをお母さまご本人にむかえにきていただきたいのです。ベビーシッターの名前は登録されていませんから。公式にサインをした書類をファックスかEメールで送っていただければ……」

「あしたに関しては、まだなにも決定しておりません。決まりしだい、一斉《いっせい》送信メールでお送りします……」

サクストン先生は、自分も電話をかけるべきだとわかっていたが、その気になれないでいた。たったいま、ラザリーさんのメッセージをきいたタマヤの母親からの電話を切ったところだ。

母親はランチのあとにタマヤをむかえにきてはいなかった。湿疹《しっしん》のことは知っていて、病院につれていく予定だったが、それは放課後のことだ。

「いったい、なにがあったんですか？　タマヤはどこにいるんでしょう？」

タマヤの母親は、現在《げんざい》、仕事場から家にむかっている。ふたりとも、タマヤがだれにも告げずにランチのあとに家に帰ったのであってほしいと願っていた。だが、ふたりともタマヤがそのようなことをする子ではないと知っている。

サクストン先生のあごはふるえ、目は涙《なみだ》でぼやけていた。チャド・ヒリガスが行方《ゆくえ》不明だと知ったときに、どうしてすぐに学園を封鎖《ふうさ》する判断《はんだん》をしなかったのだろうと、自分を責《せ》めている。あのときに、そうするべきだったのに！過剰反応《かじょうはんのう》のほうが、過少反応《かしょうはんのう》よりずっとましなのに。

しかし、チャドのようなタイプの生徒のこともよく知っているつもりだった。チャドがどこでなにをしているにせよ、それがこの学園に関係があることだとは思っていなかった。チャドのことを心配していなかったわけではない。とても心配だった。ただ、チャドが行《ゆく》方《え》不明になったことが、ほかの生徒への危機《きき》につながるサインだと考えなかっただけだ。

サクストン先生はチャドと母親が、はじめてこの学園長室にきたときのことを覚えている。母親は、小切手に学費分の金額《きんがく》を書き、それを手わたしたあと、チャドの目の前でこういいはなった。

「さあ、これでこの子のことは、そちらの問題ですからね」

タマヤはちがった。チャドの正反対だった。タマヤは先生に敬意《けいい》を示《しめ》し、ほかの生徒にも心配りができた。ルールもきちんと守る。タマヤは教師《きょうし》が気にとめなくなりがちな生徒の典型だ。そこでサクストン先生は思った。だからこそ、タマヤはだれにも気づかれずに姿《すがた》を消すことができたのだろうと。

サクストン先生はぎゅっと目をとじた。このような危機《きき》のときには、気を強くもたなければならない。

22　11月3日（水）1:45 PM

行方《ゆくえ》不明の生徒がふたり。二日間でふたりが行方《ゆくえ》不明に。

そのとき、サクストン先生はまだ、三人目の生徒がいなくなったことは知らなかった。

マーシャルはなにごともなく、教室にもどったものだと思っていた。デービソン先生は、マーシャルはまだ、学園長室にいるものだと思っていた。

「あわれな」マーシャルの心配をするものは、だれひとりいなかった。

23 11月3日（水）2:00 PM

タマヤの冷たくなったはだしの方の足に、落ち葉の降《ふ》り積《つ》もった地面はだいたいはやわらかく感じられた。それでも、落ち葉の下にかくれた木の枝《えだ》や、ごつごつした岩を避《さ》けるために、十分に気をつける。湿疹《しっしん》は、いまや右腕《みぎうで》全体に広がり、左手にも小さな赤いポツポツが見えはじめている。あの泥《どろ》のせいなのか、自分のおびえのせいなのかはわからないが、体じゅうがチクチクする。地面を見るたびに、そこかしこに泥《どろ》だまりが見えるような気がする。

そうはいっても、自分なんかより、チャドの方がずっとひどい目にあっているだろうことはわかっている。すくなくとも、タマヤはきのう、家に帰ることができたんだから。シャワーを浴びて、着替《きが》えることができたんだから。

「チャー──」叫《さけ》びかけたタマヤは、そこで息をのみ、手で口元をおおいかけた。すこし先に、泥《どろ》と泡《あわ》におおわれた動物の死体が横たわっていた。タマヤは思わず目をそむけた。アライグマか小型の犬のようだ。泥《どろ》のせいではっきりとはわからないし、それ以上、見たいとも思わない。

タマヤはその死体を大きく遠まわりして、足元に十分に気をつけながら、一歩一歩、ゆっくり進んだ。

自分以外に、だれかどこかに、この不気味な泥《どろ》のことを知っている人がいるんだろうか？ラザリーさんにはそれとなくいってみたけれど、ピーナツバターの心配をされるだけだった！　マーシャルでさえ、さっぱりわかっていなかった。

世界じゅうで、知っているのは自分だけ、なんてことがあるんだろうか？　そう考えるとおそろしくてたまらないが、一方、だからこそ先に進まないと、とも思う。

わたしがやらなくて、だれがやる？

タマヤはV字にえぐれた谷のむこうの丘《おか》にのぼろうと心を決めて、斜面《しゃめん》をくだりはじめた。

「チャー───ド！」タマヤは叫《さけ》んだ。「どこにいるのー？」

傾斜《けいしゃ》がじょじょにきつくなり、バランスを保《たも》つために木の枝《えだ》をつかまなければならなかった。

った。木から木へ飛びつくようにしながら、斜面《しゃめん》をくだっていく。

谷の底に近づくと生えている木がへってきて、傾斜《けいしゃ》はさらにきつくなる。タマヤは、谷底を直接《ちょくせつ》のぞけるところまでたどりついた。その半分ほどまでがあの泥《どろ》で埋《う》まっていた。

タマヤはいったんしゃがむと、中身がこぼれ落ちないようにランチ袋《ぶくろ》の口をしっかりしめ直した。タマヤはスニーカーをはいている方の足でブレーキをかけながら、泥《どろ》にむかって斜面《しゃめん》をすべりおりはじめた。

斜面《しゃめん》が急すぎてうまく体勢《たいせい》を維持《いじ》できず、体が横むきになってしまう。雑草《ざっそう》をつかんでなんとか安定させようとするが、雑草《ざっそう》が地面から抜《ぬ》けてしまい、体が反転して足を下に腹《はら》ばいになってずるずるとすべり落ちる。両ひざがごつごつした石でけずられたが、片方《かたほう》の足の裏《うら》が大きな岩をとらえ、ようやく体が止まった。

それ以上すべり落ちるのを防《ふせ》ぐために、両足で岩をしっかりとらえ、別の雑草《ざっそう》をつかんで体を安定させる。肩《かた》ごしにふり返って、谷底まであと四、五十センチのところで足が止まっているのがわかった。谷からは薄《うす》い泡《あわ》の層《そう》が煙《けむり》のようにはい上がっている。

それほど遠くないところに、地面からつきだした平らな岩があった。ジャンプ台にはちょうどよさそうだ。谷のこちら側のその岩から、むこう側までは一・五メートルほどだろうか。

タマヤは、その岩めがけて、横歩きでそろそろと斜面《しゃめん》を移動《いどう》した。すべり落ちないように、地面にしっかりしがみつく。

ぐずぐずしてはいられない。もし、ちょっとでもためらったら、泥《どろ》のなかに落ちておしまいだ。

腕立《うでた》て伏《ふ》せのように体を起こすと同時に体を反転させて、スニーカーをはいた方の足で、一気に岩をける。谷を飛びこえ、着地したのは泥《どろ》からほんの数センチ上の場所だった。ジャンプの勢《いきお》いのままかけのぼって谷からはなれた。

両手、両腕《りょううで》、両ひざ、そして両足にできたあざが痛《いた》むことに気づいたのは、乾《かわ》いた小川に沿《そ》って歩きはじめてからだった。シャツは斜面《しゃめん》をずり落ちたときにまくれ上がったままだし、すり傷《きず》や切《き》り傷《きず》はお腹《なか》にもできていた。それでも、こんなものはチャドの痛《いた》みにくらべればなんでもない。

「チャ――――ド！」

乾《かわ》いた小川はくねくねと曲がりながら、谷のむこう側から見えていたふたつの丘《おか》のあいだをのぼっていく。タマヤは丘《おか》の両方に目を走らせながら、マーシャルがのぼっていったところが見えないかと期待した。もし、あの場所を見つけたからといって、チャドが近くにいるとは限《かぎ》らないと思いながらも。

「チャ――ド！」

喉《のど》がカラカラで、ただでさえ弱々しい声は、さらにかすれている。

一瞬《いっしゅん》、なにかがきこえたような気がした。タマヤは立ち止まって、耳をかたむけた。

森は静かだ。やってきた方をふり返って、ちゃんと帰ることができるだろうかと不安になった。あの泥《どろ》で埋《う》まった谷をもう一度飛びこすのもいやだ。

物音がした。小枝《こえだ》が折れる音、そして足音も。その足音は不規則《ふきそく》で、片足《かたあし》をひきずっているようだ。

チャドだった。チャドはからまった小枝《こえだ》ややぶをこぎ分けるように近づいてきた。

タマヤは凍《こお》りついた。

「おれはここだよ！」

精一杯《せいいっぱい》叫《さけ》んでいるようなのに、チャドのその声は、かすれたささやき声ほどにしかきこえなかった。

チャドは苦しげに荒《あら》い息を吐《は》きながら、ふたたび小枝《こえだ》をかきわけてタマヤの方にむかってくる。

「おれはここだ」弱々しくくり返す。

顔じゅう水ぶくれだらけで、かたまった膿《うみ》と血がこびりつき、おそろしいほど腫《は》れていた。タマヤには、チャドの目はほとんど見えなかった。

タマヤはショックのあまり、手で口をおおいそうになったが、なんとかがまんした。唇《くちびる》や舌《した》にまで湿疹《しっしん》をうつしたくない。

チャドは近づいてくる。

「どこにいるんだよ？」タマヤのほんの数十センチ先でそういう。そこでがくっとひざをついた。

「おれはここにいるよ」いまにも泣きだしそうだ。「どこにいったんだよ？」

タマヤは恐怖《きょうふ》と嫌悪《けんお》感、そしてあわれみとで胸《むね》がいっぱいになった。ようやくチャドに声をかけたとき、その声はやさしかった。

「お腹《なか》、へってない？」

…………

2×1,048,576＝2,097,152

2×2,097,152＝4,194,304

24 ヒースクリフ事件《じけん》〈三か月後〉

タマヤが森のなかでチャドを見つけた三か月後、ジョナサン・フィッツマンは証人《しょうにん》としてヒースクリフ事件聴聞会《じけんちょうもんかい》に召喚《しょうかん》された。

フィッツィのとなりの席には、サンレイ・ファームの顧問弁護士《こもんべんごし》ドナ・ジョーンズがすわっている。ジョーンズはジョナサン・フィッツマンに「災害《さいがい》」ということばを使わないようあらかじめ指導《しどう》していた。そのかわりに「ヒースクリフ事件《じけん》」ということばを使わせた。

24 ヒースクリフ事件（三か月後）

ドナ・ジョーンズ弁護士：バイオリーンとヒースクリフ事件とのあいだに、なんらかの関連があるという証拠はなにひとつありません。

ライト上院議員：それこそ、この場で明らかにしたいと思っていることです。およそ一年半前、フィッツマン氏がはじめてこの委員会で証言された際、あなたが開発したエルゴニムは自然環境では生きのこれないとおっしゃいました。まちがいありませんね？　あなたは、空気中の酸素にさらされたとたん、死んでしまうとおっしゃった。ポンッ！　と。

ジョナサン・フィッツマン：その通り。それがぼくの主張です。この災害、じゃなくて事件はおそろしいものだ。被害にあった人たちのことを思うと、心底ぞっとしましたよ。でも、あれはぼくのエルジーのせいじゃない。

ライト上院議員：確認です。あなたが育てたエルゴニムは、その後、ほかの物質とまぜあわされてバイオリーンができるんですよね？　まちがいありませんか？

ジョナサン・フィッツマン：そんな単純なものじゃないけど、まあ、だいたいそんなところですね。

ライト上院議員：では質問です。バイオリーンという液体のなかで、エルゴニムはまだ生きているんですか？

ドナ・ジョーンズ弁護士：バイオリーンとヒースクリフ事件とのあいだに、なんらかの関連があるという証拠はなにひとつありません。

ライト上院議員：わたしはただ知りたいだけなんです。バイオリーンのなかで、エルゴニムはまだ生きているんですか？

ジョナサン・フィッツマン：ええ、エルゴニムがエネルギーをあたえてるんだから。元気いっぱいってわけだ。

ライト上院議員：そして、三十六分ごとに分裂している？

ジョナサン・フィッツマン：それはちがう。バイオリーンのなかじゃあ凝結して、細胞分裂は起こさない。さもなければ、成分の比率が変わってしまう。もし、エルジーがだれかを殺すいいですか、ちゃんと理解してくださいよ。もし、エルジーがだれかを殺すと思っていたら、ぼくはぜったいぜったい、この世に送りだすなんてことはしませんでしたよ。バイオリーンは人類を救うんだ。破滅させるんじゃなく。

24 ヒースクリフ事件（三か月後）

ライト上院議員：フィッツマンさん、どうかそんなに手をふりまわすのはおやめください。　弁護士さんにあたりそうですよ。

ドナ・ジョーンズ弁護士：わたしなら慣れてますから。よけるタイミングはわかってます。

ハルティングズ上院議員：フィッツマンさん、あなたがあらゆる予防措置をとっていると証言されたのはわかっておりますが、いいですか、これはもしもの話なんですが、バイオリーンが外にいくらかもれでたとしましょう。その場合、バイオリーンのほとんどは蒸発してしまうということですね？

ジョナサン・フィッツマン：ええ、そして、エルジーは崩壊します。

ハルティングズ上院議員：ですが、もし死ななかったとしたら？　いまや自由になったエルゴニムが、ふたたび再生可能になったとしたら？

ジョナサン・フィッツマン：さあね、たぶん、死ななかったとしても、バイオリーンが蒸発しきるころには、空気が全部殺してしまってるだろうな。バイオリーンで走る自動車には、真空燃料噴射システムを装備しなくちゃいけないんだ。ぼくがいま取り組んでいるのは、冬でも燃料タンクを確実にあたためておく方法ですよ。　エンジンを切った車を、氷や雪のなかにとめておいてもだいじょうぶなようにね。

ハルティングズ上院議員：あなたは昨年、エルゴニムは三十六分ごとに細胞分裂すると証言されました。

ジョナサン・フィッツマン：ええ。バイオリーンのなかで凝結するまでは。

ライト上院議員：常に分裂をくり返して、何千兆にもなるなかに、突然変異したものはないのですか？

ドナ・ジョーンズ弁護士：バイオリーンとヒースクリフ事件とのあいだに、なんらかの関連があるという証拠はなにひとつありません。

ジョナサン・フィッツマン：これは理解しておいてほしいんですが、突然変異はどうしたって起こるものです。ただ、だからといってびくつく必要なんかないんだ。通常、細胞分裂が起こるとき、新しい細胞は元の細胞の完全なコピーです。だが、突然変異が起こったとき、それはただ、どこかしらに欠陥があるってことだけです。どんな理由であれ、完全な形でコピーされなかった。その欠陥細胞は、だいたい生きのこれないんです。そう、それでおしまい。ほかのエルジーたちは、元通り正常に分裂しつづけるだけですよ。

ハルティングズ上院議員：しかしですね、酸素にも耐えられる形のエルゴニ

24 ヒースクリフ事件（三か月後）

ムに変異する可能性はあるんじゃないですか？

ジョナサン・フィッツマン：そんな確率は一兆分の一ですよ。

ハルティングズ上院議員：なるほど、一兆分の一ですね。前回、あなたがこ
こにいらっしゃったとき、バイオリーン一リットルのなかのエルゴニムは一
千兆以上だと証言されました。一千兆割る一兆は千です。一兆分の一の確率
ということは、バイオリーン一リットルあたり千個のエルゴニムが自然環境
の下で生きのこる可能性があるってことになりませんか？

ジョナサン・フィッツマン：いいや、それはちがう。確率が一兆分の一とい
う際、あらかじめ突然変異の数は計算にいれてます。あんたは重複してかけ
てる。

ハルティングズ上院議員：たとえば、だれかが数滴のバイオリーンをこぼし
たとします。通常のエルゴニムはすべて、即座にポンッ！ですね。しかし、
たった一個、突然変異エルゴニムが生きのこるかもしれない。すると、三十
六分後には完全なコピーを一個作っている。さあ、これでエルジーがふたつ。
どちらも酸素のなかで生きられる。そして、その三十六分後には四個に。そ
の後、たったの一日で酸素に耐えるエルゴニムが百万個以上になるわけです。

そして三十六分後、さらに百万個《こ》ふえている。

ドナ・ジョーンズ弁護士《べんごし》：それはただの空論《くうろん》です。バイオリーンとヒースクリフ事件《じけん》とのあいだに、なんらかの関連があるという証拠《しょうこ》はなにひとつないというのは、共通の認識《にんしき》だと承知《しょうち》しておりますが。

ハルティングズ上院議員：冬に燃料《ねんりょう》タンクをあたためておかなければという結論《けつろん》にいたったのは、どうしてなのでしょう？

ドナ・ジョーンズ弁護士《べんごし》：フィッツマン氏はバイオリーン燃料車《ねんりょうしゃ》を運転する人に、よけいなめんどうをかけたくないと考えただけです。

ジョナサン・フィッツマン：どうかわかってくださいよ。ぼくはだれかに被《ひ》害《がい》をあたえようなんて考えもしなかったんです。

ハルティングズ上院議員：残念ながら、多くの人に被害《ひがい》がおよんだんです。

25　11月3日（水）2:12 PM

ウッドリッジ・アカデミーからリッチモンド通りまで車の長い列ができて、渋滞《じゅうたい》が発生した。車を運転している母親や父親の多くが、目に涙《なみだ》を浮《う》かべていた。自分の子どもの無事が伝えられているだけで、行方《ゆくえ》不明になった生徒の名前を知らされていないからだ。

学園の前には教師《きょうし》たちが待ちかまえていて、まずは運転手の身元を確認《かくにん》したうえで各教室にでむき、該当《がいとう》する生徒を車までつれてきた。生徒たちの多くは、親にハグされたり、キスされたりしてびっくりして、不機嫌《ふきげん》になった。

その間、制服姿《せいふくすがた》の警官《けいかん》がぬかりなく警戒《けいかい》をつづけていた。

ただでさえ、なかなか進まない行程《こうてい》が、さらにおそくなった。一台の車が学園の正面にとまったまま長い時間動かないからだ。

運転をしているのは生徒の父親で、長いあいだしんぼう強く待ちながら、静かに子どもの無事を祈《いの》っていたのだが、ようやく自分の番になり、教師《きょうし》にジョン・ウォルシュだと名前を告げた。教師《きょうし》に運転免許証《めんきょしょう》を提示《ていじ》しながら、「マーシャル・ウォルシュの父親です。七学年の」という。

その教師《きょうし》はにっこり笑って答えた。「マーシャルのことなら、四年生のときから知ってます。すばらしいお子さんですね」

マーシャルの父親は待った。自分の前やうしろにとまった車を見ていると、親の元に子どもがつれてこられて、走り去っては、また新しい車がとまる。

待ちつづけるうちに、不安がどんどん高まっていく。知らず知らずのうちに、ハンドルを強くにぎっていた。

スピーカーからサクストン先生の声が響《ひび》いた。教室のなかとおなじように、校舎《こうしゃ》の外でもはっきりきこえる。

「マーシャル・ウォルシュ、職員室《しょくいんしつ》まできてください」

マーシャルの父親は身ぶるいした。

サクストン先生の声が再度《さいど》こだました。その声にはあせりが感じられる。

「マーシャル・ウォルシュ、職員室《しょくいんしつ》にきてください。いますぐに！」

25　11月3日（水）2:12 PM

しばらくして、先ほどの教師《きょうし》がもどってきた。つれてきたのはマーシャルではなく、警《けい》官《かん》だった。

26　11月3日(水) 2:20 PM

リュックサックからジュースの紙パックをとりだすタマヤはふるえていた。歯を使ってストローのビニールを破《やぶ》りとる。

傷《きず》ついた獣《けもの》のように地面に横たわったままのチャドは、水ぶくれのある手で寒そうに腕《うで》をさすっている。

「なにやってるんだよ?」チャドはかすれ声でたずねた。

「ちょっと待って」タマヤはななめに切られたストローの先端《せんたん》を、紙パックの穴《あな》にさしこもうと必死だった。手がふるえてなかなかうまくいかない。

「うん、これでいい。手をだして」

タマヤはジュースのパックをチャドに手わたした。自分の指がチャドの指にふれてしま

26　11月3日（水）2:20 PM

い、強烈《きょうれつ》な嫌悪《けんお》感を覚えてしまった。

タマヤはスカートで指をふきながら、チャドを見ていた。不器用にストローをつかんで、腫《は》れあがった唇《くちびる》のあいだにつっこんでいる。

チャドはジュースを飲み干《のほ》してもなお吸《す》いつづけるので、紙パックがへこんでしまった。

「サンドイッチ、食べる？」タマヤはいった。

ランチ袋《ぶくろ》からピーナツバターとジャムのサンドイッチをとりだす。パンの耳は落としてあった。ラザリーさんがいっていたことを思い出して、思わず笑い声をあげそうになった。

チャドもピーナツアレルギーじゃなきゃいいんだけど。タマヤはそう思った。

とつぜん、チャドがタマヤに襲《おそ》いかかった。チャドの手が喉《のど》に食いこみ、タマヤはあえぎ声をあげた。チャドのもう片方《かたほう》の手は、タマヤの肩《かた》をつかんでいる。タマヤがうしろむきにたおれそうになっているあいだに、チャドはタマヤの手からランチ袋《ぶくろ》をうばいとった。

サンドイッチは地面に落ちてしまった。

チャドはすわりこんで、袋《ふくろ》のなかをかきまわし、グラノーラバーをひっぱりだした。

「ひどいじゃない、はじめからあげるつもりだったのに」タマヤはいった。

チャドは袋《ふくろ》を破《やぶ》り、グラノーラバーをほんの三口で食べてしまった。

「もうすこしで、窒息《ちっそく》するところだったんだから」タマヤは抗議《こうぎ》した。

「おまえがだれだか、わかってるぞ」チャドは口のなかのグラノーラバーをかみながらいった。「タマヤだろ。マーシャルのチビのダチだ」

「それがなに？　そうじゃないだなんていってないよ」

「おまえのせいだぞ。今度おまえを見かけたら、どうしてやろうか、いろいろ考えてたんだ。飛んで火にいる夏の虫ってやつだな」

タマヤは唇《くちびる》をかんだ。

「ごめんなさい。わたし、あの泥《どろ》のせいで目が見えなくなるなんて知らなかったから。だけど、マーシャルをひどい目にあわせたのはそっちだよ。それに、つぎはおまえだっておどした」

「ああ、その通りだ。女だから許《ゆる》されると思うなよ」

「あの泥《どろ》でわたしもひどい目にあったの。手と腕《うで》は水ぶくれだらけだし、たぶん顔も。よくわからないけど。あの泥《どろ》はなにかとんでもなく、たちの悪いものなんだと思う」

チャドは苦しげに何度か深く息を吸《す》った。

「おれのこと、さがしてるやつはいるのか？　おれがいなくなったことも、だれも気づいてないんじゃないのか？」

「学園じゅう、みんな知ってるよ。みんな、暴走族《ぼうそうぞく》かなにかにはいったんだって思ってる」

チャドが奇妙《きみょう》な音をだした。たぶん笑っているのだろう。

タマヤはチャドとのあいだの地面に落ちたサンドイッチを見た。拾いたいと思うものの、チャドに近づきすぎるのはこわい。

「おれはここでずっと考えてたんだ。だれも気づかないし、だれも気にしないってな。なんべんもなんべんもだ。だれも気づかないし、だれも気にしない」

「だけど、ご両親は気づくよね」

「そうかもな」

「晩《ばん》ごはんに顔をださないとか、寝《ね》る時間になっても帰ってなければ」

「ああ、そうそう」チャドがいう。「おれをおふとんにしっかりくるんで、枕元《まくらもと》でご本を読んでくれるときにな」

チャドはさっきとおなじような、ゆがんだ笑い声をあげた。その声はすぐに苦しそうな咳《せき》に変わった。

タマヤはチャドが吐《は》くんじゃないかと心配した。

咳《せき》が止まって、何度か短く息をつく。

「ほかになにがはいってたんだ?」チャドはランチ袋《ぶくろ》を掲《かか》げていった。

「サンドイッチがはいってたんだけど、地面に落ちてる。もし、また襲《おそ》いかかったりしないって約束してくれるんなら、とってあげる」

チャドはなにもいわない。

タマヤはチャドから目をはなさず、そろそろと近寄《ちかよ》った。ななめに切った三角形のサンドイッチが二切れ。タマヤは身をかがめるとすばやく二切れとも拾いあげた。

チャドはじっとしている。

タマヤはサンドイッチからなるべく土をはらい落とした。

「これでだいじょうぶ。これから、手わたすからね。無理につかもうとしないでよ」

タマヤはまず一切れをさしだした。するとチャドが手をのばして、タマヤの手首をがっしりつかんだ。

タマヤは声をあげたりしなかった。

チャドはタマヤの手首をひねりあげて、サンドイッチをうばいとった。

「どうしてそんなに意地悪なの？」

チャドはサンドイッチにかぶりついた。一口目を飲みくだす前に、もう二口目だ。もぐもぐと食べている姿《すがた》を見て、タマヤは飲みこむのがむずかしいんだと気づいた。

「もう、飲み物はないんだ。ごめんね。袋《ふくろ》のなかにカットしたフルーツならあるんだけど」

チャドは袋《ふくろ》のなかをかきまわして、タッパーをとりだした。口のなかのサンドイッチを飲みくだす際《さい》に、顔をゆがめながらいった。「これか?」

タマヤはなかなかふたをあけられないでいるチャドを見つめていた。

「中身がこぼれちゃう!」タマヤはそういってすばやく前にでると、タッパーをチャドの手からとりあげた。

今度はチャドも、つかみかかったりはしなかった。

タマヤはふたをあけて、チャドの手に返した。「リンゴとナシがはいってる」

チャドは汁《しる》けを楽しむようにフルーツを食べている。そのあと、またサンドイッチにかぶりつくが、今度は一度にたくさんではなく小さめにだ。そして、またフルーツ。

「ジャムは手作りなんだよ」タマヤは沈黙《ちんもく》を埋《う》めるように話した。「本物のイチゴを使ってるの。店で買うのより、砂糖《さとう》はすくなめなんだ。母さんが作ったの」

どうしてこんな話をしたのか、自分でもよくわからない。なんだかバカみたいだ。

「うまいよ」チャドがそういったので、タマヤはびっくりした。

一切れ目を食べ終えたのを見て、タマヤは二切れ目をわたした。「ぜんぜん見えないの?」

「すぐ近くだけは見える。見えたときには、もうぶつかってるけどな。なにかがあるぞ、ドン! ってな」チャドはまたおかしな笑い声をあげた。

チャドはサンドイッチを小さくひとかみして、つづけてナシを食べる。

「すごく寒かったんじゃない？　ちゃんと眠《ねむ》れた？」

「なにさまのつもりだよ。おれの母ちゃんか？」

「心配して悪かったわね」

「おまえんちは、毎晩《まいばん》みんなそろって晩飯《ばんめし》食ってるんだろ？　そうだろ？」

質問《しつもん》というよりは、はじめから決めつける口調だ。それでも、答えるだけ答えた。

「わたしと母さんだけだよ。それも、仕事であんまりおそくないときだけ。両親は離婚《りこん》したから。わたし、ひとりっ子だし。父さんはフィラデルフィアにいるんだ」

「寝《ね》る前にはベッドでお話を読んでもらうんだろ？」

またもや、決めつけ口調だ。

「ときどき、交代で読むことはあるよ。母さんは学園であったことをききたがるけど」

タマヤは、またなにかバカにした返事がくるのを待ちかまえた。ところが、チャドはなにもいわない。

チャドは最後のフルーツを食べ終えると、汁《しる》を最後の一滴《てき》までむだにしないように、タッパーの底をなめた。

タマヤはチャドからランチ袋《ぶくろ》をとり返した。タッパーやごみを集めると、袋《ふくろ》にいれる。

タマヤはごみをまき散らして平気でなどいられない。

26　11月3日（水）2:20 PM

「だれも気づかないし、だれも気にしない」チャドはそうつぶやいた。

…………

2×4,194,304=8,388,608

2×8,388,608=16,777,216

27 11月3日（水）2:41 PM

マーシャルは拾った枝《えだ》を木の幹《みき》にたたきつけた。さらにもう一度。マーシャルはただやみくもに森のなかを歩きまわっている。枝《えだ》を半分にへし折ると、それぞれを別の方向にぶん投げる。

どうしてこんなことをしているのか、自分でもわからない。いまとなっては、自分のすることなすことすべてが、わからない。

どうしてサクストン先生にほんとうのことをいわなかったのか、わからない。どうして学校からしのびでたのか、わからない。どうして森にもどってきたのかも、わからない。

タマヤをさがしにきたのではないのはたしかだ。タマヤがチャドをさがしたいのなら、勝手にすればいい。自分にはなんの関係もない！

27　11月3日（水）2:41 PM

大きな理由は、ただ逃《に》げだしたかったということだ。サクストン先生から。ほかの先生たちから。そして、ほかのみんなからも。もし、自分自身からも逃《に》げられるのなら、ぜひそうしたいぐらいだ。

いまとなっては、なにもかもわからない。タマヤはチャドが学園にいないのをよろこぶべきじゃないか。それに、サクストン先生はチャドのことを重要人物みたいにいっていた。「きのう、だれかチャドを見かけた人は？　チャドと話さなかった？　チャドはなんていってた？　チャドはどこにいったの？」

あいつはおれをなぐりにきたんだよ。マーシャルはそう思いながら、落ち葉をけちらす。それがあいつのやろうとしてたことだよ！

自分がするべきだったのは、のこのことリッチモンド通りで待つチャドのところにいって、ボコボコにされることだっていうのか？　そうしてたら、みんながしあわせでいられたっていうのか？

マーシャルは石ころをけるとそのあとを追い、拾いあげると力いっぱい投げた。

「チャドはこのところずっとマーシャルをいじめてました」アンディはそういった。「特に理由もなしに」

だれもかれもが知っていた。アンディ、ローラ、コーディ、だれもかれも。それなら、どうして勇気をだしてなにかしてくれなかったんだ？　どうして、助けてくれなかったんだよ？　どうしてチャドに自分の人生をめちゃめちゃにさせたままだったんだ？　毎日毎日。

でも、それが正しい質問《しつもん》じゃないことは、マーシャル自身がいちばんよくわかっている。正しい質問《しつもん》はこうだ。どうしておまえは、勇気をだしてなんとかしようとしなかったんだ？

そして、その質問《しつもん》に対する答えも知っている。なぜなら、臆病《おくびょう》だからだ。チャドがいう通り、自分は「腰抜《こしぬ》け野郎《やろう》」なんだ。

ローラがチャドを意地悪だと思っているとして、マーシャルのことを、どう思っているだろう？　なんにも。マーシャルはチャドが踏《ふ》みつぶすただの虫けらだ。

マーシャルは、以前、タマヤが自分のことをヒーローのようにあこがれの目で見ていたのを思い出した。ごりっぱなヒーローだよ。そんなことを考えていると、タマヤが自分を守ってくれていたんだと思いいたった。タマヤはチャドの顔に泥《どろ》を投げつけた。そして、いま、チャドをさがしにいっている。それもこれも、マーシャルがサクストン先生にほんとうのことをいえなかったからだ。あまりにもおそろしかったから。

タマヤがいっていた泥《どろ》のことはほんとうなんだろうか？　ありえないような気がする。もしほんとうなのだとしたら、だれかが警告《けいこく》の標識《ひょうしき》を立てるかなにかしてたんじゃないん

27　11月3日（水）2:41 PM

だろうか？　タマヤはただウルシかなにかにさわって、かぶれただけなんだろう。

マーシャルは立ち止まった。ほんのすこし先のたおれた木の幹《みき》の上に、なにかの動物がいまにも飛びかかろうと身がまえている。

マーシャルはそいつから目をはなさずに、ゆっくりかがみながら石ころを拾った。

そいつの上には木漏《こも》れ日《び》が複雑《ふくざつ》な影《かげ》を落としていて、なんの動物なのかよくわからない。たぶん、アライグマかアナグマだろうと思うが、そもそもアナグマがどんな動物なのかはよく知らない。そいつはうなっているように見える。

それがなんであれ、昼日中から出歩いているなんて、危険《きけん》な動物にちがいない。

マーシャルは手の上の石ころをころがした。

「おい！」そいつにむかって怒鳴《どな》る。

それは動かない。

マーシャルはそいつめがけて石ころを投げた。びっくりして、逃《に》げだしてくれないかと期待しながら。石ころは木の幹《みき》にあたってはねた。その動物はまだ動かない。

マーシャルはまた石ころを拾って、二、三歩前にでた。

「あっちにいけ！」そう叫《さけ》んで、さらにもう数歩前に進む。

うなり声なんか、あげていないのかもしれない。

勇気をふりしぼってさらに一歩。

もしかしたら、生きていないのか?

またすこし近づく。

もしかしたら、動物なんかじゃなくて、ただの泥《どろ》にまみれたセーターなんじゃないのか?

思わず笑いそうになった。セーターにまでびびるなんて!

泥《どろ》の汚《よご》れの下に、えんじ色の生地《きじ》が見えていて「美徳《びとく》と勇気」という刺繍《ししゅう》の一部も見えた。

マーシャルはそれがだれのセーターなのか気づいた。

倒木《とうぼく》のむこう側には大きな泥《どろ》だまりがあって、表面はぶくぶくとした泡《あわ》におおわれている。泥《どろ》にまみれたスニーカーと、やはり泥《どろ》が飛び散ったくるくるに丸まった白い靴下《くつした》も見えた。

その靴下《くつした》がきっかけだった。

マーシャルのなかでなにかがはじけた。恥《は》ずかしさや自己憐憫《じこれんびん》、自己嫌悪《じこけんお》といった感情《かんじょう》はすべて消え去った。いまや、自分のことなどなにも考えていなかった。

「こいつは、まずいぞ。ものすごく」

マーシャルは、そう大きくひとりごとをいった。

28 11月3日(水) 2:55 PM

タマヤは長い枝《えだ》の先端《せんたん》をにぎっている。チャドは反対側のはしをにぎって、タマヤのあとについてくる。

「木があるから枝《えだ》の下をくぐるよ」

タマヤはそういって腰《こし》をまげた。必要以上に低い姿勢《しせい》になったのは、あとにつづくチャドのためにも危険《きけん》を避《さ》けたいからだ。

にぎっている枝《えだ》は百八十センチほどの長さで、まんなかあたりでゆるやかに曲がっている。チャドはその太いほうをにぎっている。タマヤは目の見えないチャドがにぎれるように、その枝《えだ》から生えでている小枝《こえだ》をかなりの数、折りとらなければならなかった。それでもまだ、こぶがいくつかのこっている。タマヤは布製《ぬのせい》のランチ袋《ぶくろ》ではさんで、その枝《えだ》をにぎっている。水ぶくれが破《やぶ》れないようにだ。

なんとかして、チャドといっしょにあの泥《どろ》で埋《う》まった谷をわたらなければならない。遠まわりしようかとも考えたが、そんなことをしたら、道に迷《まよ》って、学園には帰りつけなくなるかもしれない。いちばんいいのは、きた道をそのまま正確《せいかく》にたどることだ。

「おれはおれだ」チャドがいった。「それがどうしてなのかはわからない。ただ、おれはおれってだけだ」

タマヤには、チャドがなんのことをいっているのかわからなかった。

「え、なんだって?」

「おまえがきいたんだろ。どうしてそんなに意地悪なのって。だからその答えだよ。理由なんかわからないんだよ」

あの質問《しつもん》に答えが返ってくるなんて、まったく予想もしていなかった。

「それじゃあ、自分が意地悪だってことはわかってるんだよね。だとしたら、どうして、それをやめられないの?」

「さあな」

「いまは、意地悪じゃないじゃない」

「いつでもなれるぞ。この枝《えだ》をうばいとって、おまえをぶったたくことだってできる。目は見えなくてもな。おまえは悲鳴をあげるだろうな。そしたら、居場所《いばしょ》がわかる。悲鳴をあげればあげるほど、おれはおまえをたたくだろうな」

「悲鳴なんかあげない。そっと逃《に》げるよ」

「それでも、たぶん何回かはあたるさ」

「たぶんね」

なんともおかしな会話だと思うが、チャドの声に怒《いか》りは感じられないし、タマヤもおそろしいとは思わなかった。

「だけど、そんなことしたら、おき去りにするから。ひとりぼっちで、また身動きがとれなくなるんだよ」

「そうだな。バカげた考えだよ。だけどな、おれはそんなバカなことばっかりやる人間なんだよ」

タマヤはすこし前にチャドが話していたことについて考えた。チャドが家に帰らなくても、気づく人間なんかだれもいないだろうということばだ。

「きょうだいはいないの?」タマヤはたずねた。

「姉貴《あねき》がふたりに、兄貴《あにき》がひとり」

「じゃあ、チャドが帰らなかったら、その人たちが気づくんじゃない?」

「あいつらは完ぺきなんだ」タマヤの質問《しつもん》には答えない。「成績《せいせき》はいいし、問題も起こさない。ワルはおれだけなんだ」

そんなことはないよといってあげたかったが、チャドのいいところはなかなか思《おも》い浮《う》かばない。

「だれだって、なにもかも悪いなんてことはないよ」タマヤはようやくそういった。「学園じゃ、人気者じゃない」

「それはおれがまわりとちがうからだ。おまえらみたいに頭がよくないしな。ほかのやつらが話してることの半分は、おれにはさっぱりわからない。みんな外国語をしゃべってるみたいにきこえるよ。あそこに通ってるのは、そうしないと刑務所《けいむしょ》にぶちこまれるからだ。それに、親は高い授業料《じゅぎょうりょう》をはらってるからな。あいつらは、それしか気にしない。おれがどれだけ金がかかるかってことだけだ」

ほんとうに刑務所《けいむしょ》にはいることになるのか、それとも、またいつものホラなのか、タマヤにはわからなかった。頭のおかしい世捨《よす》て人《びと》とか、そのペットのオオカミだとかいうホラ話のひとつなのかもしれない。

「ときどき、夜中まで帰らないことがあるんだ。けど、だれも気づかない。気づいたとしても気にもしないのさ」

28　11月3日(水) 2:55 PM

「どこにいってるの?」

「この森だよ。木のぼりするんだ。できるだけ高くまでのぼって、世界を見おろすのさ。板とハンマーをもってきて、木の幹《みき》に足場を打ちこんだんだ。すこしのぼっては板を釘《くぎ》で打ちつけて、そこを足場にまたのぼる。そうやって、つぎからつぎへと足場を作っていくんだよ。おれは、すこしでも高くのぼりたいんだ」

　木のぼりの話をしていると、チャドは元気づくようでタマヤにはありがたかった。あの谷をわたるには、相当のエネルギーが必要になるからだ。

「その木、見たよ!」はっと思いあたった。「帰り道の目印にしてるんだ。白い枝《えだ》がさしてる方に進んで、幹《みき》に板が打ちこまれた木のところで方向を変えるの」

「おまえとマーシャルを見つけたのは、その木の上からなんだよ」

チャドは誇《ほこ》らしげにそういった。そのあとに起こったことなど忘《わす》れているかのようだ。

　頭のおかしい世捨《よす》て人《びと》も、そうやって木の上から見たんだろうかと思った。それに、ズボンの穴《あな》は、オオカミにかまれたせいじゃなくて、木のぼりをしているときにできたものなんじゃないかとも。あれこれ考えていて、一瞬《いっしゅん》、注意がそれてしまい、気づくと目の前にあの不気味な泥《どろ》だまりがあった。

「止まって!」タマヤは叫《さけ》んだ。

チャドはすぐには止まれず一歩進んだ。

ふたりがにぎっている枝《えだ》が、タマヤを前におしだす。泥《どろ》を避《さ》けようと横っ飛びして、やぶのなかにたおれこんでしまった。

「おい、どうしたんだ？　だいじょうぶか？　なにがあったんだよ？」

やぶの小枝《こえだ》で顔や腕《うで》にすり傷《きず》ができた。

「動かないで」強い口調でいう。「チャドの目の前にあの泥《どろ》があるの。だから、動いちゃだめ」

タマヤは小枝《こえだ》にからみついた髪《かみ》を慎重《しんちょう》にはずしながらも、チャドとつながっている枝《えだ》ははなさなかった。

「ねえ、チャド、泥《どろ》だまりを避《さ》けてこっちにきてほしいんだけど、あんまり安全なスペースはないの」

タマヤは泥《どろ》だまりとやぶのあいだのスペースへとチャドを導《みちび》いた。チャドの一歩一歩に目をこらすあいだ、やぶのなかに立っている自分の足は小枝《こえだ》でチクチクと痛《いた》んだが、そんなことにはかまっていられない。

「できるだけ、やぶのそばを歩いて。そう、カニみたいに横歩きで」

チャドは無事に泥《どろ》だまりをやりすごした。ふたりはさらに谷底へとくだっていく。腕《うで》に

28 11月3日(水) 2:55 PM

も足にも新しいすり傷《きず》ができてしまったが、チャドにくらべればなんでもない。ぐちをこぼすなど、とんでもないことだ。

「今度、止まって、っていったら、ちゃんと止まってよ!」

「ああ、悪かった」

「おされて泥《どろ》のなかにつっこむところだったんだから」

「悪かったよ」

斜面《しゃめん》が急になってきた。タマヤは泥《どろ》に埋《う》もれた谷をわたるときの注意をした。チャドは大柄《おおがら》で力も強いから、難《なん》なくジャンプして飛びこえられるはずだ。ただ、ジャンプするときにしっかりした足場を選んで、正しい方向に飛ぶのはむずかしそうだ。

「だいじょうぶだ」チャドは自信たっぷりだ。

斜面《しゃめん》がさらに急になり、タマヤはうしろむきになってそろそろおりていかなくてはならなくなった。まるで、はしごをおりているみたいだ。タマヤは両手で枝《えだ》をしっかりにぎった。「なにがあっても、その枝《えだ》をはなさないでね」

「ああ、はなさないよ」

タマヤはチャドの一歩一歩すべてに指示《しじ》をあたえた。

「すこし下に岩がでてるの、真正面だよ。ゆっくり……気をつけて……」

タマヤはほんの数センチくだりながら、チャドの足元を見つめている。

「はい、そこで止まって」

タマヤは首をひねって下を見た。谷底は、記憶《きおく》より広くなっている気がする。谷を埋《う》めている泥《どろ》が深くなっているということだ。タマヤのすぐ下に谷の上につきだすように岩が顔をのぞかせていた。ジャンプ台には最適《さいてき》に見える。

「わたしが先にいくから」タマヤはいった。

「わかった」

「この枝《えだ》はここで捨《す》てるからね」

「ああ、わかった」

タマヤは頭のなかで数えた。一、二……。三で枝《えだ》から手をはなした。ランチ袋《ぶくろ》は手ばなさない。足元がすべったが、バランスをとりながら反転して、下の岩にしっかりと乗った。

ところが、その岩はぐらついた。

タマヤは体勢《たいせい》をくずしてしまった。斜面《しゃめん》にひざをはげしく打ちつけた。そのまま転がって泥《どろ》のなかに落ちる直前にタマヤは目をとじた。

タマヤの足が谷の底につくのと同時に、タマヤは必死で泥《どろ》から顔を上げた。目はとじたままだ。あたたかい泥《どろ》が顔に、まぶたにからみついているのが感じられる。動こうとしたが、動けなかった。

「うまくいったのか？」チャドが叫《さけ》んでいる。

「失敗した！」タマヤは叫《さけ》び返す。「泥《どろ》にはまっちゃった！」

ねばねばした泥《どろ》が、歯や歯茎《はぐき》にあたるのが感じられた。マニキュアの除光液《じょこうえき》のような味がする。ペッ、ペッと吐《は》きだす。

「助けて！」そして、もう一度吐《は》きだす。

「どうしたらいいかわからないよ！　どうしたらいいんだ？」

「ここからだして！」

しばらく、チャドからは返事がなかった。そのあと、さっきよりも近くから声がした。

「この枝《えだ》につかまれ！」

タマヤは腕《うで》をのばした。だが、手はどこにもあたらない。「どこ？　どこなの？」

つぎの瞬間《しゅんかん》、その枝《えだ》はタマヤの側頭部にはげしくあたった。

…………

2×16,777,216＝33,554,432

2×33,554,432＝67,108,864

29 11月3日(水) 3:33 PM

タマヤは泥《どろ》にはまって助けを求めているのに、チャドが棒《ぼう》でなぐっている。丘《おか》の上からその光景を目にしたマーシャルにはそう映《うつ》った。

「おい、やめろ！」マーシャルは叫《さけ》んだが、遠すぎて声はとどかない。

マーシャルはいそいで丘《おか》をくだったが、木の枝《えだ》に足があたってスピードがそがれてしまう。

チャドは野蛮人《やばんじん》のように棒《ぼう》をふりまわしつづけている。

「やめろ、やめろ！」マーシャルはもう一度叫《さけ》んだ。

だが、まだ声はとどかない。

急な斜面《しゃめん》にさしかかると、マーシャルはスキーヤーのようにスニーカーの底をすべらせ

29　11月3日（水）3:33 PM

て谷底へとくだっていった。

「チャド！」マーシャルが怒鳴《どな》る。

チャドがスイングのとちゅうで手を止めた。

「なぐりたいなら、おれをなぐれ！」マーシャルは食ってかかるようにいった。

「マーシャル！」タマヤが悲鳴をあげた。「助けて！」

「その棒《ぼう》をはなせ！」マーシャルはさらにすべりおりながらいった。

チャドは棒《ぼう》をふりまわしつづける。「おれは助けようとしてるんだ」

「やめろっていってるんだ！」

「この泥《どろ》のせいなの、マーシャル。チャドは目が見えないの。その枝《えだ》でわたしを助けてくれようとしてるんだよ！」

そのときになってはじめて、マーシャルはみにくく腫《は》れあがったチャドの顔に気づいた。

目が見えないって？　なにが起こっているのか、必死で考えようとする。

「すぐつくから、棒《ぼう》をふりまわすのはやめろ！」

マーシャルは谷のふちまですべりおりて踏《ふ》みとどまり、タマヤにむかって手をさしのべた。

「ここだ。こっちに手をのばすんだ」

タマヤまでは遠すぎて手はとどかない。

「泥《どろ》に踏《ふ》みこまないように気をつけて」タマヤはいった。

自分のことなんかどうでもよかった。すこしでもタマヤに近づこうと、マーシャルは片《かた》足《あし》をすべらせながら斜面《しゃめん》をくだった。その足は泥《どろ》のなかにずぶずぶと埋《う》もれてしまった。

ようやく自分の指先がタマヤの指先にふれたときには、片足《かたあし》はひざの上まで泥《どろ》に埋《う》まっていた。タマヤの顔は泥《どろ》まみれだ。タマヤはかたく目をとじている。

「すこしこっちに体をかたむけて」

じりじりとタマヤに近づきながら、マーシャルはいった。

タマヤは体を前にたおした。

マーシャルがタマヤの手をつかんだ。

「つかまえたぞ！」

マーシャルは力いっぱいひっぱった。ところが、タマヤはびくともしない。

「なんとか前に足をだしてみて」

「やってるよ！」タマヤは叫《さけ》ぶ。

どうしたらいいのかわからない。マーシャルは谷のむこう側にじっと立っているチャドを見た。

29 11月3日(水) 3:33 PM

「チャド、助けてほしいんだ」

「無理だよ」チャドが答える。

「たのむから」マーシャルがいう。

チャドはおそるおそる一歩前にでて、そこで止まった。

「やっぱり無理だ」

マーシャルはしかたなく、いったんタマヤの手をはなした。自分の足を泥《どろ》からひき抜《ぬ》くだけでも精一杯《せいいっぱい》だ。マーシャルは谷に沿《そ》って移動《いどう》して、タマヤに危険《きけん》がおよばない場所で止まった。

「おれの声がする方にむかってジャンプするんだ」マーシャルはチャドにそういった。「力いっぱい飛んで」

「無理だよ」

「いいからやれよ、腰抜《こしぬ》け野郎《やろう》!」

「なんだと!」チャドはそう怒鳴《どな》るとマーシャルにむかって飛んできた。

チャドが着地するのと同時に、マーシャルはチャドの腕《うで》をつかんだ。そうしないと、チャドはうしろむきに谷に落ちるところだった。

「さあ、こっちだ」マーシャルはせきたてる。

マーシャルはタマヤのところまでチャドを導《みちび》いた。それから、ふたりとも泥《どろ》のなかに踏《ふ》みこんだ。

タマヤが両手を前にのばす。

マーシャルが片手《かたて》を、チャドがもう片方《かたほう》の手をつかんだ。

ふたりで同時にひっぱる。

タマヤはそれでもまだ動かない。

「ひっぱりつづけるんだ！」マーシャルがいった。

チャドの喉《のど》の奥《おく》からうめき声がきこえる。タマヤがようやくすこし近づいた。

ふたりはさらにひっぱる。またうめき声がきこえる。そして、タマヤは自力で小さく前に足を踏《ふ》みだした。さらにもう一歩。

「肩《かた》に手をかけて」マーシャルがいった。タマヤがいわれた通りにすると、マーシャルはタマヤの腰《こし》に腕《うで》をまわして、思いっきり泥《どろ》からひき抜《ぬ》いた。

…………

2×67,108,864＝134,217,728

2×134,217,728＝268,435,456

30 11月3日（水）3:55 PM

マーシャルは着ていたセーターをぬいで、タマヤの目から泥《どろ》をぬぐい落とすタオル代わりにした。マーシャルとチャドは、地面の傾斜《けいしゃ》がゆるやかな場所まで、なんとかタマヤをひっぱり上げた。チャドは頭をがくんと前にたれてすわりこんでいる。息づかいは荒《あら》く、不規則《ふきそく》だ。

まぶたをやさしくさするセーターのやわらかい生地《きじ》ごしに、マーシャルの指の圧力《あつりょく》を感じる。

「これでよし」マーシャルがささやいた。

タマヤは目をあけるのがこわかった。

「どんなことがあっても、家までつれて帰るから」マーシャルはそう約束した。

タマヤはしばらくのあいだ、チャドのかすれた息の音をきいていたが、ようやくそっと目をあけた。

目の前のマーシャルの姿《すがた》が最初はぼやけていたが、それは長い時間ぎゅっと目をとじていたせいかもしれない。タマヤは何度かまたたいた。マーシャルの顔は青白く、とても不安そうだ。

「うん、見えるよ」タマヤはいった。

マーシャルは小さくほほえんだ。

タマヤはマーシャルからセーターを受けとって、自分の顔の泥《どろ》をぬぐった。首の泥《どろ》も腕《うで》の泥《どろ》もだ。泥《どろ》のなかにふくまれているものがなんであれ、ぬぐいとったぐらいでは防《ふせ》げないのはわかっているが、すぐに家に帰れると思うと安心できた。風呂《ふろ》にはいって髪《かみ》を洗《あら》い、サンチェス先生に診《み》てもらおう。

「ほら、これも使って」マーシャルはいった。マーシャルは制服《せいふく》のシャツを頭からぬいだ。そのせいでシャツは裏表《うらおもて》がひっくり返った。

「だめだよ、寒いでしょ」

「だいじょうぶだよ」

タマヤはシャツを受けとって、それで口のなかをぬぐった。歯や歯茎《はぐき》もこする。シャツ

30 11月3日（水） 3:55 PM

で舌《した》を包《つつ》んで指に力をいれながら前後に動かす。

耳のなかも鼻の穴《あな》もそれでぬぐった。鼻の穴《あな》をぬぐうときには小指を使った。

「このシャツ、ありがとう」タマヤはいった。マーシャルは軽く手を上げて答えた。

マーシャルに助けられて立ち上がったチャドは、うめき声をあげている。

「だいじょうぶ？」タマヤがたずねた。

「ああ、だいじょうぶだ」チャドの声はかすれている。

タマヤはチャドに家に帰りつくだけの力がのこっていたらいいのにと願った。まわりはもう暗くなりはじめている。マーシャルはチャドの腕《うで》をつかんで丘《おか》をのぼらせようとしている。タマヤは反対側についた。

「おまえはいいやつだな、マーシャル」チャドがいった。「悪かったよ……」

チャドの声がか細くなって消えてしまった。タマヤは気を失いかけているんじゃないかと心配になった。でも、ふたたび力をとりもどしたようだ。

「なんでおれがおまえのことをきらってたのか、知りたくないか？」

「いわれなくてもわかってるよ」マーシャルがいった。「おまえのことをうそつきだっていったと思ってるからだろ」

「おれのことをうそつき呼《よ》ばわりしたのか？　いつだよ？」

タマヤははだしの方の足で小枝《こえだ》を踏《ふ》んでしまったが、痛《いた》みをこらえた。だいじな話の腰《こし》を折りたくない。

マーシャルはチャドが校長室にバイクで乗りこんだと自慢《じまん》していたときのことだといった。

「あのとき、『まさか！』っていっただろ。ほんとうは『ワオ！　すげえ』って意味だったんだけど。うそつきだと思ったわけじゃなかったんだ」

「ああ、わかってたさ。おれはただ、おまえをひどい目にあわせようとしただけだ。それに、あれはほんとうにうそだしな。おれはいっぺんもバイクに乗ったことないんだ」

マーシャルは首をふりふり、短い笑い声をあげた。

これはマーシャルとチャドのあいだの話で、自分はわりこむべきではないとタマヤにはわかっていた。それでもがまんできなかった。

「じゃあ、どうしてマーシャルのことが気に食わなかったの？」思わず声にだした。「マーシャルは、チャドになんにもしてないのに！」

チャドは深く息をついてから、タマヤにむかって、なにかラザーニャときこえるようなことばを小さくいった。

「なんだって？」マーシャルがたずねる。

30 11月3日(水) 3:55 PM

「おまえの誕生日《たんじょうび》は九月二十九日だろ」チャドがいう。

「なんで知ってるんだ？」

「それで、おまえの母ちゃんは、夕食におまえの好きなものを作ってくれる」

「ラザニアね」タマヤはいった。ということは、さっきのはききちがいではなかった。

「おれは、おまえがその話をしてるのを学校できいたんだ」

「それで？」とマーシャル。

「おまえはおれの誕生日《たんじょうび》がいつだか知ってるか？」チャドがいう。

マーシャルは知らない。

「九月二十九日なんだよ」

タマヤには話の筋道《すじみち》が見えなかった。「それで、それがマーシャルをきらう理由なの？誕生日《たんじょうび》がおなじだから？」

「おれにはラザニアを作ってくれる人間はいない。だれもなにもしてくれない。親父《おやじ》がなんていったかわかるか？『どうして、わたしたちがおまえの生まれた日を祝わなきゃいけないんだ？』だぞ」

「ひどいな」マーシャルがいった。

「だけど、どうしてそれがマーシャルをきらう理由になるわけ？」タマヤはまだ納得《なっとく》できない。

「それが理由だとはいってないだろ」チャドがいった。「おれはただ説明しようとしてるだけだ。質問《しつもん》に答える責任《せきにん》があると思ったからな」

タマヤがチャドのいい分をなんとか理解《りかい》しようとしているとき、なにかを勢《いきお》いよくけとばしてしまった。がまんできる痛《いた》みではなかった。タマヤは落ち葉におおわれた地面にたおれこみながら悲鳴をあげた。

マーシャルとチャドがタマヤを見おろしてたずねた。

「だいじょうぶか？」

足がズキズキと痛《いた》む。骨《ほね》が折れたかもしれないと思った。

「うー、だめ」タマヤは痛《いた》みに顔をしかめながら、しぼりだすようにいった。二、三度深く息をつくと、すこしだけ痛《いた》みはひいた。「こんなに暗くちゃ、足元がぜんぜん見えないよ！」

「なんだって？」マーシャルがいう。「まだ日はでてるぞ。十分明るいじゃないか」

タマヤは目をとじた。数秒後に目をあけると、まっ暗闇《くらやみ》が広がっていた。


……………

2×268,435,456＝536,870,912
2×536,870,912＝1,073,741,824

31 11月3日（水）夜

マーシャルはタマヤとチャドにはさまれて歩いた。それぞれの腕《うで》をつかんで、ふたりを導《みちび》く。靴《くつ》は片方《かたほう》だけはいている。もう片方《かたほう》はタマヤに貸《か》した。タマヤの足には大きすぎたが、足を守れるのでタマヤはありがたがった。一歩進むごとにパタパタと音を立てるけれど。

タマヤにも、チャドとおなじように、近くのものはぼんやりとだが、まだ見えた。ただ、文字通り目の前のものだけだ。タマヤには時間の感覚もなくなっていた。ここまでどれぐらい歩いたのかも、この先、どれほど歩かなければいけないのかもわからない。

「道はわかってるの？」タマヤはマーシャルにたずねた。

「ああ、そのつもりだ」

「枝《えだ》がつきでてる白い幹《みき》の木をさがして。その枝《えだ》がさしてる方が帰り道だから」

「白い木はいくらでもあるよ」

「それと、木の板が釘《くぎ》で打ちつけられた大きな木も。それはチャドの木なの。きのう、わたしたちが見た木だよ」

「おれの木は一本だけじゃないんだ」チャドがいった。「一本の木にのぼって、それより高そうな木を見つけたら、そっちの木にものぼるんだ。そうやって、ここでいちばん高い木を見つけたいんだよ」

「すごいな」マーシャルがいった。

「そう思うか？　てっきりくだらないと思われるかと思ったよ。小さなガキみたいだってな」

「まさか！　ガキがそんなおそろしいこと、考えるもんか」マーシャルはいった。

「わたしだっておそろしいよ！」タマヤが同意した。

「おまえが？　それこそ、まさか、だよ」チャドがいう。「おまえにはこわいものなんかないだろうが。いつか、おまえらふたりをてっぺんまで案内してやるよ。すわれるように板をすえつけてあるんだ」

自分の木のことを語っているチャドに、また元気がよみがえっているのをタマヤは感じた。

「何キロも先まで見わたせるんだぞ」

何キロも先まで？　いま現在《げんざい》の数センチ先も見えないふたりの状況《じょうきょう》を考えると、タマヤはわくわくした。

マーシャルがとつぜん立ち止まった。タマヤの腕《うで》をにぎる手に力がこもるのがわかった。チャドもおなじように感じたようだ。

「どうした？　なにかあったのか？」チャドがたずねた。

「シーッ！」マーシャルがささやいた。「なにかきこえたんだ」

タマヤも耳をかたむけた。落ち葉や地面をけちらすような音だ。なにかが動いている。動物が一匹《ぴき》、いや何匹《なんびき》かいるかもしれない。

「ねえ、チャド」今度はタマヤがささやく。「木にのぼってたとき、ほんとうに頭のおかしい世捨《よす》て人《びと》と黒いオオカミたちを見たことあるの？」

「ひげを生やした男は見たけど、オオカミは見てない」

その音はだんだん大きくなってきた。なんであれ、その動物が一匹《ぴき》だけではないのは明らかだ。犬のほえ声がした。三人の方にむかってくる。ほえ声がもっとふえた。何匹《なんびき》かいる。

一匹《ぴき》の犬がタマヤの目の前でほえた。タマヤはすくみあがったが、マーシャルがいった。

「その子はタマヤを傷《きず》つけようなんて思ってないよ。たぶんレスキュー隊だと思う」

遠くから男の声がした。

「こっちだ！」

タマヤは身をかがめておそるおそる手をのばし、やわらかくてあたたかい毛皮にふれた。

ぬれた舌《した》がタマヤの顔をなめた。

「だめだめ！」タマヤはいった。その犬にできものをうつしたくない。

「見つけたぞ！」だれかが叫《さけ》んだ。そのあとは、一度に大勢《おおぜい》が話しかけてきた。

「けがは？」

「どうやってここまで？」

「だれかにやられたのか？」

「ふたりとも目が見えないんです」マーシャルがいった。「泥《どろ》が原因《げんいん》みたいです」

タマヤには電話で話しているらしい声もきこえた。

「確保《かくほ》しました。三人ともです。男子ふたりに女子ひとり。救急車をお願いします。いいえ、誘拐《ゆうかい》や拉致《らち》ではありません。ですが、このまま捜索《そうさく》をつづけます」

タマヤの肩《かた》にだれかの手がのった。

31　11月3日（水）夜

「もう、だいじょうぶだからね」男の人の声がする。「まず、学校につれ帰って、そのあと、病院まで送るから」

「気をつけてください。わたし、泥《どろ》だらけだから」タマヤは警告《けいこく》した。

その人は笑い声をあげていった。「泥《どろ》がついたって、だれも気にしないよ」

タマヤはその人の腕《うで》にだきかかえられて、宙《ちゅう》に浮《う》いた。

タマヤはあまりに寒く、疲《つか》れ切《き》っているし、あちこちが痛《いた》すぎて、説明する気力がなかった。どっちみち、もう手おくれだ。タマヤはその人のあたたかいウールのコートにくるまれた。この人は、すぐにあの泥《どろ》がどんなものなのか知ることになるだろう。ほかの人たちもみんな。

タマヤは森のなかを運ばれながら、犬たちの名前をたずねた。

「きみがなでてたのはミッシーだよ。ミス・マープルをちぢめた呼《よ》び方《かた》だけどね。ほかにはネロとシャーロック、ロックフォードがいたよ。みんな探偵《たんてい》の名前さ」

「人を見つけだすのが得意だから？」

「ああ、最高の犬たちさ」

「わたし、犬が大好きなんです」タマヤはいった。

32 カメたち

以下は、タマヤが森から救出された三か月後にひらかれたヒースクリフ事件《じけん》の聴聞会《ちょうもんかい》からの抜粋《ばっすい》。

ライト上院議員：あなたは、この有機物がバイオリーンに使われたエルゴニムとおなじものだと断定《だんてい》できますか？

ジューン・リー博士（アメリカ国立衛生《えいせい》研究所研究員）：ＤＮＡはほぼ一致《いっち》しています。しかし、完全にではありません。われわれはバイオリーンのエルゴニムが突然変異《とつぜんへんい》したものだと考えています。
フット上院議員：しかし、この地球上には何百万というちがう種類の微生物《びせいぶつ》がいるんですよね？
ジューン・リー博士：はい、そうです。
フット上院議員：そして、そのほとんどは、これまで一度も研究の対象にはなっていない。
ジューン・リー博士：その通りです。科学者が確認《かくにん》しているのは、全体の五パーセントほどにすぎません。
フット上院議員：だとしたら、今回のヒースクリフの森の泥《どろ》から見つかった微生物《びせいぶつ》が、未知の微生物《びせいぶつ》から自然に進化したものである可能性《かのうせい》もあるのでは？
ジューン・リー博士：いいえ。その可能性《かのうせい》はほとんどありません。
フット上院議員：だが、ないわけじゃない？
ジューン・リー博士：ほぼありえません。もし、自然に進化したものなら、確実《かくじつ》に寒さにも適応《てきおう》したはずです。
フット上院議員：なぜ突然変異《とつぜんへんい》が起こったんでしょう？　またどのように起

こったんですかね？

ジューン・リー博士：それはわかりません。細胞分裂の際に突然変異を起こす確率はごくわずかです。しかし、常に何百万、何兆という分裂が起こっていれば、突然変異は避けられません。

フット上院議員：この突然変異したエルゴニムは、どのようにしてサンレイ・ファームからヒースクリフの森へ逃げだしたと思われますか？

ジューン・リー博士：わかりかねます。昆虫、鳥、風など、どれにも可能性はあります。

ライト上院議員：リー博士、あなたがおっしゃることはすべて真実だとしても、重要な疑問がのこります。もともとのエルゴニムは危険ではないのですか？　突然変異を起こしたものではなく、現在、実際に使われているバイオリーンのなかのエルゴニムのことです。これは人体にも自然環境にもまったく危険ではないと？

ジューン・リー博士：はい、オリジナルのエルゴニムは、酸素のあるところでは生きていけないのですから、危険をひき起こすことはありません。ただ、先ほども申し上げたように、突然変異は起こります。この先の未来に、どのような変異《へんい》が起こるのか、それはわたしにはお答えできません。ただ、突然《とつぜん》変異《へんい》はこれからも起こります。それはたしかです。

ライト上院議員：リー博士、今回の証言《しょうげん》および、国立衛生《えいせい》研究所での研究に感謝《かんしゃ》の意を表します。あなたとあなたのスタッフが今回のおそるべき病気に対する治療法《ちりょうほう》を見つけてくださったことに、アメリカ国民を代表して、心よりお礼申し上げます。

ジューン・リー博士：おことば、ありがとうございます。ですが、実際《じっさい》に治《ち》療法《りょうほう》を発見したのは地元の獣医師《じゅういし》である、クランブリー博士です。議員のおことばは、クランブリー博士にこそふさわしいものです。

ハルティングズ上院議員：失礼ですが、いまあなたはクランブリー博士のことを獣医師《じゅういし》だとおっしゃいましたか？

ジューン・リー博士：今回、動物たちも人間とおなじように苦しみました。もしクランブリー博士がいらっしゃらなければ、未来の地球を支配《しはい》するのはカメだったかもしれませんよ。

33 フランケン菌《きん》

タマヤを救出したレスキュー隊員は、この泥《どろ》についてすぐに知ることになった。世界じゅうも、まもなくこの泥《どろ》のことを知るようになった。

子どもたちが救出されてから数時間後には、今回救助にかかわったすべての人間に、発疹《ほっしん》、赤いただれ、小さなできもの、チクチクする症状《しょうじょう》がでた。翌朝《よくあさ》には、できもののほとんどが水ぶくれになっており、だれもが目覚めたとき、シーツに肌《はだ》とおなじ色の謎《なぞ》めいた粉がちらばっていることに気づいた。のちに、その粉はまぎれもなく皮膚《ひふ》だと判明《はんめい》した。正確《せいかく》には、突然変異《とつぜんへんい》を起こしたエルゴニムが皮膚《ひふ》の「栄養分」を食べつくしたあとの残骸《ざんがい》だ。

タマヤとマーシャル、チャドが森で発見されてから一週間後、ヒースクリフの町の住民の五百人以上が発疹《ほっしん》に見舞《みま》われた。二週間後、その数は一万五千人にふくらんでいた。

それらの人たちには、手おくれになるまでなんの治療《ちりょう》もほどこされなかった。この発疹《ほっしん》のもっとも危険《きけん》な点のひとつに、わずかにチクチクするだけで痛《いた》みを伴《ともな》わないということがあげられる。通常《つうじょう》、神経細胞《しんけいさいぼう》が脳《のう》に痛《いた》みを伝えるのだが、この微生物《びせいぶつ》はメッセージを伝える細胞《さいぼう》を食べつくしてしまう。それはまるで、電話回線が断《た》ち切《き》られたようなものだ。神経細胞《しんけいさいぼう》は「助けて！　気をつけて！　あぶないよ！」と叫《さけ》んでいるのに、脳《のう》はそのメッセージを受けとらないというわけだ。

タマヤとマーシャル、チャドが救急車に運びこまれていたとき、レスキュー隊員は森に住んでいた男の死体を発見していた。長いひげを生やした男だ。

行方《ゆくえ》不明だった三人の生徒は、大急ぎでヒースクリフ総合病院《そうごうびょういん》へ搬送《はんそう》された。タマヤの髪《かみ》や服から泥《どろ》のサンプルが採集《さいしゅう》され、アトランタにあるアメリカ疾病予防《しっぺいよぼう》管理センターと、メリーランド州ベセズダにあるアメリカ国立衛生《えいせい》研究所に送られた。タマヤの手や腕《うで》、チャドの顔を撮影《さつえい》した写真も、これらの機関にメールで送られた。

ヒースクリフ総合《そうごう》病院の医者たちは、医学書にあたり、インターネットで検索《けんさく》したが、このタイプの発疹《ほっしん》の記録はどこにも見つからなかった。したがって、治療法《ちりょうほう》もわからない。

タマヤに対してできることといえば、せいぜい完全な清潔《せいけつ》を保《たも》つことぐらいだった。まず、徹底的《てっていてき》に洗浄《せんじょう》された。髪《かみ》は切られ、そりあげられた。その後、二週間ほどは定期的にスポンジで全身を洗《あら》う「清拭《せいしき》」を義務《ぎむ》づけられた。昼夜関係なし、二時間おきに看護《かんご》師《し》によって除菌《じょきん》アルコールで洗《あら》われた。毎回の清拭《せいしき》後には、特別な洗口液《せんこうえき》で口をすすぐ。しみる上にひどい味の洗口液《せんこうえき》だったが、吐《は》きだすまでに最低一分間は口のなかにとどめておかなければならない。それでも、タマヤはすこしもいやがらなかった。むしろ、その味をたのもしく感じたぐらいだ。

タマヤの母親が、のちには父親もお見舞《みま》いにやってきた。もちろん、接触《せっしょく》は禁《きん》じられていた。タマヤはふたりにあやまりつづけたが、両親は誇《ほこ》りに思っているといいつづけた。

その後、この病気がヒースクリフじゅうに広がると、両親もふくめ、病院への出入りは完全に禁止《きんし》された。ただ、携帯《けいたい》電話を通じて話すことはできた。父親が買ってくれた携帯《けいたい》だ。

タマヤの視力《しりょく》がそれ以上悪化することはなかった。顔の前に自分の手をもってくれば、それが自分の手だとはわかった。ただ、はじめからわかっているからわかるのだともいえた。医者はさまざまな形のもので試《ため》してみた。丸、三角、四角といった形は正確《せいかく》に識別《しきべつ》できたが、女性《じょせい》用のハイヒールをバナナだといった。

33 フランケン菌

タマヤはマーシャルとチャドのようすを頻繁《ひんぱん》にたずねた。マーシャルは良好だときかされたが、面会は許《ゆる》されなかった。

チャドはとても深刻《しんこく》な状態《じょうたい》だという。それ以上のことは教えてもらえない。きかされたのは、病院につれてこられるのがあと二十分でもおそければ、おそらく助からなかっただろうということだった。

タマヤはいっさい不平をいわなかった。ときどき、おそろしくてたまらなくなると、ウッドリッジ・アカデミーの十の美徳《びとく》をくり返し唱えた。それは、博愛、清廉《せいれん》、勇敢《ゆうかん》、慈愛《じあい》、気品、謙虚《けんきょ》、誠実《せいじつ》、忍耐《にんたい》、冷静、自制《じせい》だ。心のどこかで、もし自分がほんとうにいい子でいられたなら、発疹《ほっしん》はおさまり、目もまた見えるようになるだろうと思っていた。でも、心の奥底《おくそこ》では最悪の事態《じたい》も覚悟《かくご》していた。もし、回復《かいふく》しないのだとしたら、勇敢《ゆうかん》に忍耐強《にんたいづよ》く、気品をもって世界とむきあいたかった。

タマヤは看護師《かんごし》たちを区別できるようになった。話す声だけでなく、清拭《せいしき》の時間に病室にはいってくるときに立てる音でだ。看護師《かんごし》たちは毎回、アメリカで最高の科学者たちが治療法《ちりょうほう》の発見にはげんでいると教えてくれた。

タマヤのまわりにいるだれもが、冷静で自信たっぷりにふるまっていた。ただモニカと電話で話しているときだけは、世界じゅうが恐怖《きょうふ》にふるえ上がっていることを実感した。

「あの泥《どろ》はそこいらじゅうにあふれてるんだよ！」モニカはいった。「学校は閉鎖《へいさ》されてるの。ウッドリッジ・アカデミーだけじゃなくて、どこの学校もなんだよ。だれも家の外にはでようとしないし。ほんとうはタマヤとは電話で話すのもだめだっていわれてるんだ。だって、母さんはフランケン菌《きん》が電話を通じてうつるってこわがってるんだから！」

突然変異《とつぜんへんい》した微生物《びせいぶつ》のことがフランケン菌《きん》と呼《よ》ばれるようになったのは、サンレイ・ファームで働いていたハンバード博士が、ケーブルテレビのあらゆるニュース番組に登場して、そう呼《よ》んだからだろう。

ヒースクリフ総合《そうごう》病院では病室が足りなくなり、地域《ちいき》の学校が治療施設《ちりょうしせつ》にふり替《か》えられた。教室や食堂に簡易《かんい》ベッドがならべられた。定期的な清拭《せいしき》の際《さい》にプライバシーを守るのは、仕切り代わりにつるされたシーツ一枚《いちまい》だ。清拭《せいしき》をするのは防護服《ぼうごふく》に全身を包《つつ》んだ献身《けんしん》的《てき》な看護師《かんごし》だった。

大統領《だいとうりょう》はヒースクリフとその周辺地域《ちいき》を隔離《かくり》地帯にすると宣言《せんげん》した。この地域《ちいき》からは、発疹《ほっしん》の症状《しょうじょう》のあるなしにかかわらず、でていくことは禁《きん》じられた。空港も鉄道の駅も閉鎖《へいさ》された。ペンシルベニアの州兵が道路のパトロールにあたった。

34 11月23日(火)

ミス・マープルは獣医師《じゅういし》のロバート・クランブリー先生の病院のケージに寝《ね》そべっていた。そのわきには注射器《ちゅうしゃき》を手にしたクランブリー先生が立っている。かわいそうな犬が眠《ねむ》っていてよかったと思った。眠《ねむ》っているときなら苦しまずにすむ。

オーストラリアン・シェパードとチャウチャウ、そのほかに雑多《ざった》な血のまじったミス・マープルは、灰色《はいいろ》の地に白、黒、茶色の斑点《はんてん》がある分厚《ぶあつ》い毛皮におおわれていたのだが、いまでは、毛のほとんどが抜《ぬ》け落《お》ちてしまっていた。毛のない肌《はだ》はどこもかしこも水ぶくれになっている。耳もきこえないし、目も見えない。

夢《ゆめ》のなかでミッシーは森のなかを走っていた。行方《ゆくえ》不明の子どもたちをさがすために、全神経《ぜんしんけい》を集中している。走り去ったあとに落ち葉が舞《ま》い上《あ》がる。ミッシーはよろこびいっぱいに勝利のほえ声をあげ、行方《ゆくえ》不明だった少女の顔をなめた。

夢《ゆめ》のなかの勝利のほえ声は、クランブリー先生には、悲しげなうめき声にしかきこえなかった。ミス・マープルを起こさないように、そっとケージのとびらをあける。

この動物病院にいるのはクランブリー先生ひとりだった。病院のスタッフふたりは発疹《ほっしん》でたおれ、ほかのスタッフには自宅《じたく》にとどまるよう指示《しじ》してある。クランブリー先生は手《て》袋《ぶくろ》をつけ長靴《ながぐつ》をはいているが、防護服《ぼうごふく》は着ていない。動物たちをこわがらせたくないからだ。

ミス・マープルは、どうやら先生の気配を感じているようだ。しっぽがケージの床《ゆか》をゆるやかにたたく。

「やあ、いい子だね」先生はそういってミス・マープルをなでた。できるなら、手袋《てぶくろ》などはずしてしまいたい。この子だって、人間の手のぬくもりを感じる資格《しかく》があるはずじゃないか！

クランブリー先生は注射器《ちゅうしゃき》をかまえた。

今回の発疹《ほっしん》での動物たちの苦しみようは、人間よりはるかにひどかった。風呂《ふろ》にはいれないからだ。犬やネコだけではない。クランブリー先生は、この病気に感染《かんせん》したさまざまな種類の動物を診《み》てきた。ハムスター、ウサギ、フェレット、さらにはスカンクも一匹《ぴき》い

34　11月23日(火)

た。ペネロープという名のスカンクだった。

悲しいことにクランブリー先生にできるのは、安楽死という形で動物たちの苦しみを終わらせることだけだった。この二週間あまりのあいだに、クランブリー先生は二十四匹《ぴき》以上の動物を安楽死させていた。

ところが、泥《どろ》の影響《えいきょう》を受けなかった動物が一匹《ぴき》だけいた。クランブリー先生はモーリスという名の陸生のカメを一匹《ぴき》飼《か》っていた。モーリスは裏庭《うらにわ》であの泥《どろ》に埋《う》もれていた。助けだすにはシャベルを使わなければならなかった。助けてから三日たっても、モーリスには発疹《ほっしん》のきざしはあらわれなかった。

自宅《じたく》の小さな研究室で、クランブリー先生は顕微鏡《けんびきょう》をのぞき、モーリスの皮膚《ひふ》のサンプルと感染《かんせん》した動物の皮膚《ひふ》のサンプルを比較《ひかく》した。そして、モーリスの皮膚《ひふ》の細胞《さいぼう》には、ほかの動物の皮膚《ひふ》の細胞《さいぼう》には見られない酵素《こうそ》があることを発見する。

ミス・マープルが頭をクランブリー先生の方にむけた。

「いい子だね」クランブリー先生はいう。

クランブリー先生は注射針《ちゅうしゃばり》をミス・マープルの右のうしろ足にさした。そして、モーリスから採《と》った酵素《こうそ》を凝縮《ぎょうしゅく》した液体《えきたい》をそそぎこむ。

35 12月6日（月）

人体実験の最初の対象はタマヤだった。担当医《たんとうい》からは動物には効果《こうか》がある治療《ちりょう》だが、人体に対してはなんの保証《ほしょう》もできないと説明を受けたが、タマヤの両親から申しでた。ほかにどんな選択肢《せんたくし》があるというのだろう？

タマヤはあまり期待をかけすぎるなと自分にいいきかせていた。ただ、ミス・マープルが完治したときいて、とてもうれしかった。タマヤはミス・マープルが大好きだったから。

タマヤは日に二度ずつ、カメの酵素注射《こうそちゅうしゃ》を受けた。何人もの医者や看護師《かんごし》が、いれかわりたちかわり、タマヤの病室へようすを見にきた。そのたびに名前をたずねられるものだから、だんだんうんざりするようになった。ものすごくたくさんの患者《かんじゃ》がいて、お医者さんたちがいそがしいのはわかっているけれど、これはとても重要な実験のはずだ。せめて、わたしの名前ぐらい覚えて！

お気にいりの看護師《かんごし》ロンダにそう話すと、ロンダはただ笑うばかりだ。「先生たちはちゃんと名前はわかってるんだよ」ロンダはいった。「あなたの記憶《きおく》を確認《かくにん》してるの。これまで、カメの酵素《こうそ》を注射《ちゅうしゃ》された人間はいないんだから、お医者さんたちはよくない副作用がでるかもしれないって、心配してるの」

「背中《せなか》に甲羅《こうら》が生えてくるかもね」タマヤはそう冗談《じょうだん》をいった。

ロンダはまた笑う。「かわいいかも。それに便利だし」

「疲《つか》れたらどこでも首をひっこめて、寝《ね》られるもんね」

タマヤを担当《たんとう》するほかの看護師《かんごし》たちは、タマヤのまわりではいつも明るくポジティブにふるまっていたが、それがうわべだけなのはタマヤにはわかっていた。それを責《せ》めるつもりもない。タマヤは自分がどれほどおそろしい姿《すがた》なのかよくわかっていた。髪《かみ》の毛《け》はなく、肌《はだ》は水ぶくれだらけなのだから。ただ、ロンダの明るさはうわべのものではない。ロンダは、タマヤをごくふつうの人間として話したり冗談《じょうだん》をいったりした。

医者たちからは名前だけでなく、住所と電話番号もたずねられた。ジョージ・ワシントンがだれなのかも。簡単《かんたん》な算数の問題も暗算させた。五かける七は、とか、二十六割《わ》る二は、とかいったぐあいだ。

医者たちは聴診器《ちょうしんき》でタマヤの心音と呼吸音《こきゅうおん》もきいた。体温と血圧《けつあつ》もはかった。円を描《えが》いて歩かせたり、前屈《ぜんくつ》してつま先を手でふれさせたりもした。

医者がタマヤの顔の前にさしだすさまざまな物体を、だんだん見分けられるようになってきた。それでも、それが酵素《こうそ》注射《ちゅうしゃ》の成果かどうかはまだわからない。ただ単に数週間の訓練の結果、脳《のう》があいまいなものをうまくなにかの形にあてはめられるようになっただけなのかもしれなかった。さらにはチクチクする感覚もほとんどなくなった。しかし、これもまた、脳《のう》がその感覚をおさえる方法を学んだだけかもしれない。

「ミス・マープルがよくなるまで、どれぐらい時間がかかったんですか？」タマヤは医者のひとりにきいてみた。

「人間と犬とではちがうからね」質問《しつもん》には答えずにそういった。

おなじ医者にチャドはどうしているのかとたずねてみたが、ほかの病棟《びょうとう》に移《うつ》されたという答えが返ってきただけだ。それがどういう意味なのか、タマヤは心配だった。

タマヤは不定期に短い時間だけしか眠《ねむ》れなかった。清拭《せいしき》や注射《ちゅうしゃ》や検査《けんさ》がひっきりなしにおこなわれるからだ。

ある日の夜、あるいは昼間だったのかもしれないが、タマヤはおかしな夢《ゆめ》を見た。病室に男の人が立っている。医者には見えなかったが、だれなのかはわからない。その人の名前はフィッツィだ。

「変な名前」

「変な人間だからな」男はそういいながら笑った。

その男が話すたび、声は部屋のちがうところからきこえてきた。部屋のなかを動きまわっているのかもしれないが、タマヤにはふわふわただよう霊魂《れいこん》のように感じられた。

「なにかほしいものは？」男がいった。

「いいえ、別に」

「ほんとうに？　ぼくがなにかほしいものはといったら、ほんとうになんでもありなんだぞ！　ぼくはもうすぐ大金持ちになるんだから。いいか、おそらくは世界一の金持ちなんだぞ」

とつぜん、カタカタいう音がした。

「なんの音？」

「なんでもない」男がいう。

いまは床《ゆか》のあたりから声がしたようだ。

「ただ、木の棒《ぼう》みたいなものがはいったびんをたおしただけだ。ほら、口につっこまれて『アー』といいなさい、といわれるときの棒《ぼう》だよ」

「床《ゆか》に落とした棒《ぼう》を、そのままびんにもどしたみたいにきこえたけど」

「きれい好きなもんでね」

「捨《す》てなくちゃいけないと思うんだけど。床《ゆか》に落ちたものを口につっこむなんて、ありえないよ」

「おっと、そうだな」

ゴミ箱に捨《す》てる音がきこえた。

「それで、なにか買ってほしいものは？」男の声はすごく近くからきこえた。

「別になにも」

「ぼくもなにもほしいものがないんだ」男がいった。悲しそうだ。「金持ちは、なにかを買いたいもんだと思わないか？」

「うん」

「でも、ぼくはちがう」

その声は遠くからきこえた。

「ぼくはものごとの仕組みを解《と》き明《あ》かすのが好きなんだ。科学が好きだ。きみは科学は好きかな？」

「まあまあ」

「好きな科目は?」

「国語、かな。文章を書くのが好き。いつかライターになれるといいな」

「そいつはいいね。いまでもできるんだろ? つまり、目が見えなくても。パソコンにむかって話せば、パソコンが書いてくれる」

「それはどうかな。話すのと書くのとはちがうと思う」

「いいたいことはわかるよ。ぼくは話してることと考えてることがちがうからな。頭のなかにはいろんなアイディアがうずまいているのに、ときどき、自分の口からでたことばの意味もわからないことがあるよ」

「その感じ、わたしにもわかる」タマヤはいった。

「うれしいよ。で、ほんとうになにも買ってほしくないんだな? ピアノは? 大きな振《ふ》り子《こ》時計は?」

「わたしは早くよくなりたいだけ」

「ぼくもそう願ってる。みんなによくなってほしいよ。ぼくはみんなのためになりたかったんだ。世界じゅうに病気をばらまくんじゃなく」

その声はとても悲しそうだった。タマヤはなにかほしいものをいってあげられればいいのにと思った。

「あ、そうだ！」タマヤはとつぜん思い出した。「わたし、新しい制服《せいふく》のセーターがほしい」

タマヤはそのあとしばらくして目を覚ました。ロンダが清拭《せいしき》をしてくれる番だ。タマヤは夢《ゆめ》を思い出して笑い声をあげた。

「なにがおかしいの？」ロンダがたずねる。

「なんでもない」大きな振《ふ》り子《こ》時計？　ピアノ？

清拭《せいしき》は気分がよかった。

自分の目があいているのかとじているのか、自分でもわからないときがよくある。ちゃんと意識《いしき》しなくちゃいけないと思う。いまは、あけている。

世界は光と色に満ちていた。ロンダの髪《かみ》の毛《け》は赤く、瞳《ひとみ》は黒い、壁《かべ》は黄色だ。

タマヤはぶるぶるとふるえはじめた。

「どうかした？」ロンダがたずねた。

まだなにもかもぼやけてはいる。でも、明るい。

「ねえ、タマヤ、だいじょうぶ？」ロンダがかさねてきく。

タマヤはまだ夢《ゆめ》を見ているのではないかと心配だった。おそるおそる声をだしてみる。声をあげたら、また暗闇《くらやみ》にもどってしまうかもしれないから。

「ねえ、ロンダ、わたし見えるの」タマヤはそういった。しゃべっても世界は消えてなくならなかった。タマヤはさらに大きくふるえた。「見えるんだよ」

ロンダもふるえはじめた。そして、タマヤをぎゅっと抱《だ》きしめた。それはルール違反《いはん》ではあったけれど。

「お母さんに電話して！」ロンダはいった。「わたしはお医者さんを呼《よ》んでくる。ほら、お母さんに電話！」

ロンダはもう一度タマヤをハグした。それから、ベッドわきのテーブルにおいてあったタマヤの携帯《けいたい》を手わたした。

「いま何時？」タマヤはきいた。「おそすぎない？」

「時間なんかどうでもいいの。すぐに電話する！」

夜明け前の三時四十五分、タマヤの母親は電話の音に飛び起きた。目を覚ました瞬間《しゅんかん》から恐怖《きょうふ》でいっぱいだ。勇気をふりしぼって電話にでる。最悪の事態《じたい》に備《そな》えて、なんとか覚悟《かくご》を決める。

「もしもし」

「もしもし、母さん、なにがあったと思う？」

36

雪

その二日後、初雪が降《ふ》った。タマヤにはまだ、雪をひとひらずつ見分けることはできないが、病室の窓《まど》から灰色《はいいろ》や白のジグザグの線は見えた。

それはとてもきれいだった。いまタマヤには、世界のなにもかもがきれいに見えた。ランチにでたはでなグリーンのゼリーさえも。しかも、そのなかにまちがってまざったコールスローが、魔法《まほう》のようにとじこめられていたのだけれど。

ロンダがカフェテリアからでられるパティオへつれだしてくれた。ていねいにそりあげられた頭にスキー帽《ぼう》をかぶり、タマヤはセメントの上に寝《ね》そべって、舌《した》で雪を受け止めた。

雪は四日降《ふ》りつづいた。クランブリー先生の注射《ちゅうしゃ》を受けはじめたマーシャルが、劇的《げきてき》に

36 雪

回復《かいふく》にむかったことをタマヤはきかされた。チャドがどうなったのか知っている人はだれもいないようだった。タマヤもおそろしい結果をききたくなくて、あえて深追いはしなかった。

タマヤの主治医が黒縁《くろぶち》のメガネをくれた。フレームが大きすぎて、顔からはみだしそうだ。その先生の顔をはじめてはっきりと見て、タマヤは気絶《きぜつ》するかと思った。穏《おだ》やかな茶色い瞳《ひとみ》にカールした髪《かみ》の毛《け》の先生は、学園の教頭、フランクス先生よりずっとすてきだった。

「先生に見つめられると、ドキドキして、ことばにつまっちゃうんだ」タマヤは電話でモニカにそう話した。「前は先生がどんな人だかわからなくてよかったよ。だって、だれもかれもが、ひどい副作用のせいで、自分の名前さえ覚えていないんじゃないかって思ってたんだよ。ことばにつまったら、副作用だって思われてたよ」

モニカは笑った。

「最近じゃあ、あんまりこわがってないみたいだね」タマヤはモニカのようすに気づいていった。

「そうだね。きっと雪のおかげだと思う。あの泥《どろ》が雪の下にまだあるのはわかってるんだけど、ずっと安全な気がするの。それに、タマヤがどんどんよくなってて、すごくうれしい！」

タマヤはいちばんの親友の声がかすれているのに気づいた。泣いているのかもしれない。タマヤも泣きはじめた。それから、ふたりとも泣いていることに気づいて、同時に笑い声をあげた。ふたりはしばらくのあいだ、泣き笑いしながら電話にしがみついていた。

十二月下旬《げじゅん》のある日、タマヤの主治医はテレビを見ているタマヤの脈をとっていた。テレビは病室のすみの天井《てんじょう》からさがっている。先生にふれられると脈が速くなる気がした。そのせいで、先生が脈をはかるのがとりやめになったりしないといいんだけど、と思った。

見ていた番組は緊急《きんきゅう》ニュースで中断《ちゅうだん》された。ペンシルベニア州ヒースクリフのようすを伝えるニュースだ。先生はタマヤの手首から手をはなし、リモコンをとった。テレビのボリュームを上げる。

男の人がひとり、ウッドリッジ・アカデミーの裏手《うらて》、森のそばに立っている。まわりをリポーターがとりまいていた。画面の下のテロップには、「アメリカ疾病予防《しっぺいよぼう》管理センター（CDC）副所長ピーター・スマイス博士」とある。自分が通う学園でおこなわれていることをテレビで見るのは、なんだか変な感じがした。病院の窓《まど》の外には雪が降《ふ》っている。

36 雪

テレビに映《うつ》ったその男の人の上にも雪が降《ふ》っていた。タマヤはその人のことを、博士というよりはきこりのようだと思った。ごわごわしたひげを生やし、シャベルをもっている。

その人がシャベルで雪を掘《ほ》った。それから、身をかがめて素手《すで》でなにか黒くてどろどろした大きなかたまりをすくいあげた。

「これが例の泥《どろ》です」

その人はいった。ひげには霜《しも》がおりている。話すたびに吐《は》きだす息が白い。

「わたしの手の上には、いわゆるフランケン菌《きん》が何百万ものっています」

タマヤは体じゅうがチクチクしだしたような気がした。自分がやったように、あの泥《どろ》を手づかみしている。

「このような報告《ほうこく》ができることを心からうれしく思います。フランケン菌《きん》は最後の一匹《ぴき》にいたるまで死にました」博士はいう。「氷点下の気温では生きていけないのです」

タマヤと主治医は目を見かわした。いまのはほんとうなのだろうか？

何人かのリポーターが拍手喝采《はくしゅかっさい》した。病院のほかの部屋からも歓声《かんせい》がきこえる。

「危機《きき》は終結したということですか？」ひとりのリポーターがたずねた。

スマイス博士が答える前に、画面の下にテロップがでた。

「危機《きき》は終わった！　フランケン菌《きん》は全滅《ぜんめつ》！」

タマヤにはそれがほんとうだとは信じられなかった。フランケン菌はただ冬眠しただけなんじゃないだろうか。クマみたいに。

「ただ単に、休眠状態ではないどうしてわかるんですか?」タマヤの心を読んだかのように、リポーターのひとりが質問した。「あたたかくなったら、また活動しはじめないと、どうしてわかるんですか?」

「研究室での研究結果です。顕微鏡を通して、この目で細胞がこわれるところを観察しました。これはたしかなことです。フランケン菌は二度と目覚めません」

そういわれても、タマヤにはまだ疑問だった。どうして、ひとつのこらず死んだとわかるんだろう?　雪の下のどこかに、まだ生きているものがひとつぐらいあるかもしれない。

「もちろん、CDCは今後も監視をつづけます」スマイス博士はいった。「可能性はほとんどないと思われますが、別の突然変異が起こらないとも限りません。氷点下の寒さに耐えられるエルゴニムの突然変異体が、ひとつでもいるかもしれませんから。雪がとけたら、もっとくわしいことがわかるでしょう」

2×1＝2

……

37 12月30日(木)

隔離《かくり》は解除《かいじょ》された。

国立衛生《えいせい》研究所の指導《しどう》のもと、クランブリー先生の治療薬《ちりょうやく》が大量生産された。今回の症《しょう》状《じょう》にはディルワディ水疱発疹《すいほうほっしん》という正式名称《めいしょう》がついたのだが、この薬は六万人以上の人間および動物の患者《かんじゃ》たちにすばらしい効果《こうか》を見せた。医学の専門書《せんもんしょ》にはタマヤ・ディルワディの皮膚《ひふ》の使用前、使用後の写真が掲載《けいさい》された。

タマヤとマーシャルは、退院《たいいん》後、二週間たってから、ふたたび病院にもどってきた。今回は訪問客《ほうもんきゃく》としてだ。タマヤはすこしおくれたクリスマスプレゼントとして、主治医や看《かん》護師《ごし》たちに手作りのイチゴジャムをもってきた。マーシャルは食べ物のはいったタッパーをもってきた。

タマヤはまだメガネをかけているが、モニカからクリスマスプレゼントにもらった新しいメガネだ。フレームは透明《とうめい》な蛍光色《けいこうしょく》のグリーンだ。モニカはそれを「トレ・シック」だといった。フランス語で「とてもおしゃれ」という意味だ。

タマヤの髪《かみ》はのびはじめていた。イガグリ頭にピンクのキャップをかぶっている。手や腕《うで》には傷《きず》がのこっているが、主治医はいずれ消えるといってくれた。顔にはひとつ、あばたがのこったが、友だちのサマーには、それがあるほうがかわいいといわれた。

「完ぺきになるために、女には欠点があったほうがいいの」サマーはそういった。

矛盾《むじゅん》したことばだとは思うものの、そういわれて悪い気はしなかった。


ロンダにイチゴジャムをわたしたあと、ロンダからもわたすものがあるといわれた。

ロンダはタマヤに平たい箱を手わたした。その場であけてみると、新品の制服《せいふく》のセーターだった。

「どうしてわかったの?」ロンダにセーターのことを話した覚えはなかった。「こんなことしなくてよかったのに。高すぎるもん」

「これはわたしからじゃないの」ロンダはいった。「きのう、この箱がとどいたんだ。どうやってあなたにわたそうかって、考えてたところだったの」

タマヤは箱のなかに小さなカードを見つけた。そこにはこう書かれていた。「すばらしい美徳《びとく》と勇気をそなえた女の子へ。きみの友人、フィッツィ」

「フィッツィってだれ？」マーシャルが肩《かた》ごしにのぞいてきいた。

「夢《ゆめ》だと思ってた」タマヤは不思議そうに答えた。「ピアノをお願いしなくてよかった！」

「なんだって？」マーシャルがいった。


チャド・ヒリガスは、いまだに入院している数すくない患者《かんじゃ》のひとりだった。顔の皮膚《ひふ》ははげしい損傷《そんしょう》を受け、重篤《じゅうとく》なやけどの患者専用《かんじゃせんよう》の病棟《びょうとう》にいれられていた。

タマヤはあいたままのドアをノックした。

「こんにちは」なかにはいりながら声をかける。マーシャルとは別行動だ。

チャドはベッドの上にすわっていた。グリーンのピンストライプのパジャマ姿《すがた》だ。窓《まど》から日差しがそそいでいる。チャドのはげしく傷《きず》ついた顔も明るく照らす。病院の備品《びひん》の黒縁《くろぶち》メガネをかけていた。

そのメガネを見て、タマヤはうれしくなった。目が見えなくなってしまったのなら、メガネは必要ないはずだからだ。

「タマヤ！」チャドがいった。

タマヤはチャドに憎《にく》まれているんじゃないかと思っていた。あんなにひどいことをしたんだから。でも、チャドはうれしそうだった。

「こんにちは、チャド」タマヤはセーターの箱をおろすと、両手をおしりのポケットにつっこんだ。「ぐあいはどう？」

「あんまり口を動かすなっていわれてる」なるべく顔が動かないように気をつけながらそういった。「おれの体のほかの場所からもってきた皮膚《ひふ》を、顔に移植《いしょく》したんだ」

「そうなんだ。でも、そんなに変わってないよ」

「おれのこと、『ケツ面野郎《バット・フェース》』って呼《よ》んでくれ」

タマヤはショックだった。

「それって、ほかの場所の皮膚《ひふ》っていうのは……」タマヤは自分の口を手でおさえながらいった。「なんだかおもしろがってるみたいだね。きっと、すごく怒《おこ》ってるんだろって思ってたんだけど」

「ぜんぜん怒《おこ》ってないさ。おかしな話なんだけどな、また目が見えるようになってからは、なにもかもが前よりずっときれいに見えるんだ」

「それ、わかる」タマヤがいった。「なにもかもがきれいなんだよね」

「いつまでもつづくといいな」チャドがいった。

「ほんとだね」

チャドがいったのが、この世界のことなのか、見るものがきれいなことなのかはわからなかった。でも、どちらだとしてもタマヤはおなじ気持ちだった。

マーシャルが背中《せなか》でドアをおしあけながら病室にはいってきた。くるっとふり返ると、手にはラザニアの皿が三つのったトレイをもっていた。

「看護師《かんごし》さんに電子レンジを借りたよ」

「ハッピー・バースデー！」タマヤが大きな声でいった。

チャドはなにもいわない。じっとラザニアを見つめている。それから、マーシャル、タマヤと目をむけて、もう一度マーシャルを見た。

「しゃべっちゃいけないんだって」タマヤはマーシャルにいった。それからぐっと声を落としてささやくようにいった。「顔におしりの皮膚《ひふ》を移植《いしょく》したんだって」

チャドはふとんをはいで、ゆっくりとベッドからすべりおりた。チャドはマーシャルにむかって何歩か進んだ。マーシャルはトレイをテーブルにおき、おびえたようにじりじりとあとずさりする。

フランケン菌《きん》の話は散々きいてきたが、傷《きず》だらけのこわばった顔で両手を前につきだしているチャドを見ていると、チャドがフランケンシュタインみたいだと、タマヤはちらっと思った。

マーシャルは壁際《かべぎわ》まで追いつめられた。チャドはマーシャルの肩《かた》に両手をのせ、ぐいとひき寄《よ》せるとハグをした。

「ありがとうな」チャドがいった。

マーシャルは身をよじって自由になるといった。「タマヤのアイディアなんだ」

タマヤはびくびくしているマーシャルを見て、声をあげて笑った。男の子っていうのは、ハグするとき、どうしていつもこんなにぎこちないんだろう。けれど、チャドの目が自分にそそがれているのに気づいて、心臓《しんぞう》が止まるかと思った。チャドは両手を大きく広げて、以前いったのとおなじことばを口にした。

「つぎは、おまえだからな、タマヤ」

38 勇敢《ゆうかん》、謙虚《けんきょ》、気品

以下の証言《しょうげん》はヒースクリフ事件聴聞会《じけんちょうもんかい》の筆記録からの抜粋《ばっすい》である。

ハルティングズ上院議員：あなたがチャドをさがしに森にもどったとき、あなたはこの泥《どろ》をたくさん見たんですね？

タマヤ・ディルワディ：はい。そこいらじゅうにありました！　でも、最初の日にもたくさんあったのかもしれません。そのときは、泥《どろ》のことは気にしていませんでしたから。

ライト上院議員：マイクにむかって話してください。よくきこえなかったので。

タマヤ・ディルワディ：すみません。いまいったのは、最初の日に森にはいったときには、あの泥《どろ》のことはなにも知らなかったので、さがすこともしなかったっていうことです。考えていたのは、早く森から抜《ぬ》けだしたいということだけでしたから。

ハルティングズ上院議員：森にはいるのはルール違反《いはん》だからですか？

タマヤ・ディルワディ：でも、ひとりで帰るのも禁《きん》じられてましたから。

ハルティングズ上院議員：ホブソンの選択《せんたく》ですね。

タマヤ・ディルワディ：そのことばは知りません。

ハルティングズ上院議員：ホブソンの選択《せんたく》というのは、ふたつのうちのどちらかを選ばなければいけないのに、そのどちらもがひどいということです。

タマヤ・ディルワディ：はい、どちらもひどい選択肢《せんたくし》でした。

ライト上院議員：この委員会を代表していわせてもらいますが、あなたがマーシャルについていく方を選んだことを心から感謝《かんしゃ》します。あなたたちふたりが世界を救ったといってもいいのですから。

タマヤ・ディルワディ：ですが、わたしのせいで、たくさんの人が発疹《ほっしん》を起こしました。
ライト上院議員：あなたのせいではありませんよ。科学者たちによれば、どちらにしても起こったことなのですから。一週間か二週間あとだったかもしれませんが。そして、そのころにはもう手おくれだったでしょう。
ハルティングズ上院議員：隔離令《かくりれい》は適切《てきせつ》に発動されなかったでしょうね。あの泥《どろ》に足を踏《ふ》みいれただれかが飛行機に乗って、ロサンゼルスやパリ、香港《ホンコン》に飛んでいたとしたら、世界じゅうに広がっていたでしょう。気温が氷点下まで下がらないところもあるわけで。
ライト上院議員：マーシャルとチャドにも感謝《かんしゃ》します。おかげでこの国は早めの警告《けいこく》を受けることができました。
ハルティングズ上院議員：あなたはとても勇敢《ゆうかん》な女性《じょせい》ですね、タマヤ。
タマヤ・ディルワディ：勇敢《ゆうかん》なんかじゃありません。すごくこわかったんです。勇敢《ゆうかん》なのはマーシャルです。
フット上院議員：ところで、この病気に自分の名前がついた感想は？
タマヤ・ディルワディ：とても光栄です。ですよね？

エピローグ

何百、何千年ものあいだ、人間はバイオリーンなしで生きてきた。それどころか、ガソリンも原子力発電所も、電灯もなかった。水は澄《す》み、夜空には満天の星が輝《かがや》いていた。

地球上の人口もすくなかった。いまから千年前、地球上には全部合わせても三億人しかいなかったといわれている。十億人に達したのは一八〇〇年代のはじめになってからだ。ところが、一九五〇年代までには倍以上にふえた。一九五一年には二十五億人以上になっていた。

一九九〇年代にはいると、さらにその倍だ。そして、二〇一一年には七十億人以上に達したと報告《ほうこく》されている。そのだれもかれもが、毎日毎日食べて、飲み、自動車に乗って、お風呂《ふろ》にはいる。

2×7,000,000,000＝14,000,000,000
2×14,000,000,000＝
…………

このような背景《はいけい》があって、ヒースクリフ事件《じけん》が起こったあとも、米国上院エネルギー・環境《かんきょう》委員会は、全会一致《いっち》でバイオリーンの製造継続《せいぞうけいぞく》を支持《しじ》した。委員会はホブソンの選択《せんたく》をせまられたわけだ。世界じゅうを破滅《はめつ》に招《まね》く危険《きけん》をおかすか、クリーンで無尽蔵《むじんぞう》のエネルギー源《げん》を放棄《ほうき》するかの選択《せんたく》だ。委員会は世界を破滅《はめつ》に招《まね》く可能性《かのうせい》はきわめて低いと判断《はんだん》した。

そう期待したのだ。

ジョナサン・フィッツマンは、委員会に対してあらたな安全対策《たいさく》をほどこすと確約《かくやく》した。そのなかには、毎日貯蔵《ちょぞう》タンクからサンプルをとって、酸素《さんそ》に強いエルゴニムがないかを調べるというものもふくまれている。もし、そのようなエルゴニムがたった一個《こ》でも見つかったら、そのタンクのほかの「小さな仲間たち」すべてが処分《しょぶん》される。

まもなく、バイオリーン燃料車《ねんりょうしゃ》が国じゅうのハイウェイを走りまわるようになった。サンレイ・ファームは、ミシガン州、アイダホ州、ニューメキシコ州に新工場を建てた。いずれも、寒くて植物が生えていない場所が選ばれた。科学者たちはフランケン菌《きん》が森の有機物を餌《えさ》にして成長したと結論《けつろん》づけたからだ。エルゴニムたちは、とりわけ落ち葉が好きだ。

ワシントンDCでの聴聞会《ちょうもんかい》からもどってきて一週間後、タマヤは自分が経験《けいけん》してきたことで、まだ気分が高まったままだった。だれもがよくやったとほめてくれたし、おとなびた落ち着いた態度《たいど》をたたえてくれた。モニカにもしょっちゅう、あなたは有名人なんだよといわれていた。

森にもどるのはこわかった。チャドの木にのぼるのもこわかった。特に、大きな長靴《ながぐつ》とモコモコの手袋姿《てぶくろすがた》でのぼるのは。チャドが先頭をいき、マーシャルはタマヤのすぐうしろだ。ふたりとも、ぜったいタマヤを落とさせないと約束してくれた。タマヤはこわくて下を見ることができなかった。

力を使ってのぼるのと、寒さ、それに高さへの恐怖《きょうふ》のせいで、息は荒《あら》く小刻《こきざ》みになった。けれども、チャドが釘《くぎ》で打ちつけた交差させた台までのぼりついたとき、タマヤの気分は最高だった。

「な、すごいだろ？」チャドが目を輝《かがや》かせていう。

「すごいな！」マーシャルが声をあげる。

タマヤはしっかり木にしがみつきながら、凍《こお》りついた広々とした森を見わたした。世界はものすごくきれいだった。タマヤはいつまでもこのままでいてほしいと願った。……雪がとけたあとにも。

タマヤ・ディルワディ
ヒースクリフ総合《そうごう》病院
308号室
12月
期限《きげん》後提出《ていしゅつ》

風船をふくらませる方法

1 まず、しぼんだ風船を用意します（色はどれでもかまいません）。あなたは、いまから、その風船をあなたの肺《はい》からだす空気で満たします。

2 風船からつきだしたところをさがしてください。そこに指をつっこんだら、風船の内側に指がとどく場所です。ただし、指はつっこまないで！

3 それでは、そのつきだしたところを口にくわえてください。息をふきこむとき、空気が全部風船のなかにはいって、外にもれないよう、唇《くちびる》をすぼめてそのつきだした部分を強くしめます。

4 つぎに、風船をあなたの親指とひとさし指ではさんでください。風船が飛んでいかないように強く、ですが、空気がなかにはいるようにすこしゆるめてもちます。

5 息をふきこみます。

6 風船がふくらむまで5をくり返します。

7 ふきこむ合間合間に息を吸《す》わなくてはなりません。息を吸《す》うときには風船のなかの空気がでてこないように指で強くおさえ、風船から口をはなして外の空気を吸《す》います。

8 つぎがいちばんむずかしいところです！ 風船をしばります。空気がもれでないように親指とひとさし指で強くおさえたまま、その風船からつきでた部分をひっぱって指にひとまきします。そして、そこにできた輪につきでた部分の先端《せんたん》をくぐらせて結び目を作ります。

9 指をはなしてください。ジャジャーン！

訳者あとがき

映画化もされ、世界じゅうで数百万部をこえる（いまや一千万部ごえ？）大ベストセラーになった『穴』の著者として知られるルイス・サッカーさんが作家になったきっかけは、大学生時代に、小学校で教師の助手をつとめたことだったそうです。楽に単位が取れそうだと軽い気持ちではじめたものの、子どもたちとの交流が楽しくて、そこで出会った子どもたちに刺激《しげき》を受けて書いた『ウェイサイド・スクールはきょうもへんてこ』で作家デビューを果たします。いまでは、作家生活は四十年をこえ、生みだした作品も多数にのぼります。

ユーモアにあふれ、楽しくて痛快《つうかい》、というのがサッカーさんの作風といえるのですが、本作『泥《どろ》（原題：Fuzzy Mud）』は、なんとエコ・バイオテラー・ミステリー・スリラー・コメディ（本人も公認）です。つまり、環境《かんきょう》問題を背景に、バイオテクノロジーが生んだモンスターの恐怖《きょうふ》を、ミステリータッチのスリラーとして描いた、コメディ要素をふくむ作品なのです。簡潔《かんけつ》にいえばパニック小説。さて、いったいどんな心境の変化があったのでしょうか？

サッカーさんはあるインタビューで、子どもたちの不思議を感じ取る力や、熱意、よろこびや悲しみにまで、強い愛情と信頼をよせていると語っています。大きくひらけた世界を前にした子どもたちの無限の可能性を信じているからこそ、作品を書くにあたっては、本来とても楽観的なんだそうです。

しかし、ある報道に接して、その楽観的な気持ちがゆらいでしまったのだといいます。それは、世界の人口がほんの五十年のあいだに倍増して、七十億人をこえたという報道です。それにともなう気候変動や地球環境《かんきょう》の悪化を思うと、そんな世界に生きる子どもたちにむけて、どのように楽観的な作品を書けるんだろうと、サッカーさんは真摯《しんし》に自分に問いかけます。そして、到達した結論が、それでも、子どもたちの力を信じることだったそうです。未来を切り開く子どもたちの力を信じて生まれたのが、この『泥』なのです。

タマヤは、学園の教育方針である十の美徳をよりどころに、恐怖にうちかって善をなそうと奮闘《ふんとう》した結果、世界を救うことになります。その姿に、子どもたちへの信頼が象徴的にあらわれているように思います。

物語自体は時系列に沿ってまっすぐに進んでいきます。秒単位、分単位で時間が進むにつれて「泥《どろ》」はふえつづけ、人類滅亡《めつぼう》への危機《きき》が刻一刻とせまってきます。そこへ、ところどころ、時間が前後する政府の聴聞会《ちょうもんかい》の記録がはさまっていることで、多少の混乱を感じるかもしれません。しかし、最後まで読むと、これが実にみごとな伏線《ふくせん》になっていたことに気づかされます。さすがに、さまざまな伏線《ふくせん》がびしびし決まるサッカーさんの名人芸！　といったところでしょうか。

とても大きなテーマのおどろおどろしい物語のなかにあっても、主人公たちが送る学校生活はとてもリアルです。そのリアルさゆえに、思わず目をそむけたくなるようないじめのシーンもあるのですが……。それでも、そこはかとなくただようユーモアもあいまって、現役の子どもたちにも、かつて子どもだった人たちにも、実在する学校をのぞき見ているように共感していただけることでしょう。

ちなみに主人公の少女の名前をつけるにあたって心がけたのは、出自が固定化されないということで、タマヤ・ディルワディというインド風にも日本風にもとれる名前（本人談）になったんだそうです。

近未来を舞台に、環境《かんきょう》問題、社会問題といった大きなテーマに取り組み、みごとにエンターテインメントに仕上げてみせたサッカーさんの、新境地ともいえる本作品、楽しんでいただけることを心から願っています。

最後になりましたが、編集部の喜入今日子さんにはたいへんお世話になりました。ありがとうございます。

二〇一八年五月

千葉茂樹

ルイス・サッカー

1954年ニューヨーク生まれ。カリフォルニア大学卒業。弁護士の資格も持つ。『穴』（講談社）で全米図書賞、ニューベリー賞など多くの賞を受ける。作家としてのキャリアはすでに40年。邦訳書にはほかに『ウェイサイド・スクールはきょうもへんてこ』（偕成社）、『道』、『歩く』、『トイレまちがえちゃった』（以上、講談社）などがある。

千葉茂樹

1959年北海道生まれ。国際基督教大学卒業。児童書編集者を経て翻訳家に。訳書に『スター・ガール』（理論社）『笑う化石の謎』『ウェズレーの国』（以上、あすなろ書房）、『ピーティ』（すずき出版）、『ハックルベリー・フィンの冒険』（岩波書店）など多数。札幌市在住。

泥

2018年 7 月 17日　初版第 1 刷発行
2022年 2 月 26日　　　第 4 刷発行

作 ――――ルイス・サッカー
訳 ――――千葉茂樹

発行者 ―――野村敦司
発行所 ―――株式会社小学館
〒101-8001　東京都千代田区一ツ橋2-3-1
電話　編集03-3230-5416　販売03-5281-3555

印刷所 ―――萩原印刷株式会社
製本所 ―――株式会社若林製本工場

Printed in Japan
ISBN978-4-09-290622-8

ブックデザイン――坂川栄治＋鳴田小夜子（坂川事務所）
装画 ――――塩田雅紀
編集 ――――喜入今日子